·广西一流学科（培育）建设项目
·河池学院中国语言文学学科资助出版
·广西人口较少民族发展研究中心成果

红水河畔歌连歌

周佐霖 主编

（第二卷）

广西人民出版社

图书在版编目（CIP）数据

红水河畔歌连歌. 第二卷 / 周佐霖主编. — 南宁：广西人民
出版社，2021.3
ISBN 978-7-219-11075-1

Ⅰ．①红… Ⅱ．①周… Ⅲ．①民间歌谣—文学研究—
广西 Ⅳ．① I207.72

中国版本图书馆 CIP 数据核字（2020）第 181937 号

HONGSHUI HE PAN GE LIAN GE (DI-ER JUAN)

红水河畔歌连歌（第二卷）

周佐霖　主编

策　　划：罗敏超
责任编辑：韦振泽
文字编辑：唐见婵　　吕羚茜
责任校对：唐薇薇
美术编辑：陈晓蕾
责任排版：李宗娟

出版发行　广西人民出版社
社　　址　广西南宁市桂春路 6 号
邮　　编　530021
印　　刷　广西民族印刷包装集团有限公司
开　　本　787mm×1092mm　1 / 16
印　　张　19
字　　数　292 千字
版　　次　2021 年 3 月　第 1 版
印　　次　2021 年 3 月　第 1 次印刷
书　　号　ISBN 978-7-219-11075-1
定　　价　55.00 元

《红水河畔歌连歌（第二卷）》编委会名单

习习吹落春风影，一枝一叶总关情
（总序）

　　被誉为"诗魔""诗王"的白居易曾与元稹等人在唐代共同倡导"新乐府运动"，主张学习汉代以前向民间采集诗歌的制度，恢复汉魏时期乐府诗歌讽喻时事的传统。白居易的诗歌践行了他自己的文学主张，诗歌贴近民间疾苦，并从民间诗歌中汲取艺术营养，诗意通俗易懂，以至于有唐宣宗李忱在《吊白居易》中"童子解吟长恨曲，胡儿能唱琵琶篇"的赞誉，可见他的诗歌影响范围之广、之深。

　　宋代孔平仲《孔氏谈苑》载："白乐天每作诗，令一老妪解之，问曰：'解否？'妪曰解，则录之；不解，则又改之。故唐末之诗近于鄙俚。"对于这一点颇有争议，甚至有人认为，"老妪"都能解读的诗还是好诗吗？笔者认为，这大概是文艺美学上"阳春白雪"与"下里巴人"的关系吧，也就是精英文学与通俗文学的辩证。精英文学需要通俗文学的生活性营养，通俗文学需要精英文学的艺术性提升，这两者间虽然各有各的创作群体和读者群体，但是它们的界限有时并非壁垒分明，而是互相渗透和交流。而具体到一个创作和欣赏的个体，要把握好这个分寸实在是很困难的一件事，譬如《诗经》中的《风》部分，汉唐时期的乐府诗等，今天看来，都是艺术性很强的经典诗歌。笔者认为，这不仅取决于作者的语言功底，还取决于作者的创作方向，比如说诗人的某一类诗的题材或体裁就是取自民间，并愿意回馈于民间，语言浅近一些，又有诗人锤炼的力度，这有什么不好？刘禹锡的《竹枝词》写道："杨柳青青江水平，闻郎江上踏歌声。东边日出西边雨，道是无晴却有晴。"不是也为后人津津乐道吗，须知"竹枝词"就是由古代巴蜀间吟咏风土人情的民歌演变过来的民间歌谣体。作为中唐最伟大的诗人，白居易的文学主张是贴近生活、贴近民众，因此他在《与元九书》提出"文章合为时而著，歌诗合为事而作"的现实主义创作主张，这与中国诗歌的源头《诗经》的立意是一脉相承的。孔子《论语·为政第二》中说："《诗》三百，一言以蔽之，曰：'思无邪'。"他认为《诗经》中的诗是弘扬正能量的，是没有邪念的。在《论语·阳货》中，孔子又从诗歌的艺术功能谈到，"《诗》可以兴，可以观，可以群，可以怨；迩之事父，远之事君；多识于鸟兽草木之名。""兴""观""群""怨"归纳了诗歌欣赏的心理特征与诗歌艺术的社会作用。

作为民间诗歌的一种初级形式的歌谣，这是诗歌的另一个话题。至今还存留并在一定程度上继续在发展的山歌歌谣，说是一种诗歌的形式也行，说是一种民间歌谣的歌词也罢，它依然保持着诗歌在艺术和语言上的特征，比如说贴近生活，抒情色彩浓，语言整饬、上口、押韵等。笔者以为，文人创作的诗歌和民间山歌，"它们之间是产生过积极的相互的影响的。我们甚至不能断定究竟是文学艺术形式的诗歌还是以音乐艺术形式为主的山歌在这千百年的演进中，谁更起到了关键性的作用？"①。笔者的朋友李乃龙先生②就曾告知笔者，他在40多年前因失去初恋，所以创作了两首壮语七绝山歌抒怀，当即传开。近日偶然在老家的歌匣子里听到德保靖西情歌对唱，居然听到他的那两首七绝山歌，"无名氏"的他反而十分欣慰，笔者想这是因为他的文学作品已经永远地活在民间山歌里，并为山歌的发展注入文人诗歌的情愫与艺术。这样的"无名氏"又何止李乃龙一人呢？

在中华56个民族的大家庭，甚至在世界各民族中，山歌都曾经辉煌地存在过或存在着，它为诗歌、戏剧、散文、小说、音乐、舞蹈等艺术创作及其发展都产生过积极的影响，就拿中国传统戏曲来说，不少剧种中的唱腔、唱词就有山歌的成分，例如湖南的花鼓戏、广西的彩调剧、四川的灯戏等。其社会意义自然也起到过"兴观群怨"的作用，即使是今天，在一

---

① 谭为宜，吴家信，梅租恺.仫佬族山歌选［M］.南宁：广西人民出版社，2016。

② 李乃龙，广西师范大学博士生导师。

部分人中，山歌仍是他们的挚爱，他们用山歌表情达意，用山歌结伴择偶，用山歌表达对生活的诉求。对于今天的人来说，这些活在当下的古老的艺术形式成了非物质文化遗产，在多元文化正一步步侵蚀和挤占它的生存空间的形势下，这种曾经的民间主流艺术形式变得"物以稀为贵了"，好在一些局部地域和局部人群还较为热衷于使用这一艺术形式，例如红水河流域的乡镇中老年人，他们还自发地利用节假日（尤其是"三月三"歌节）、赶圩日，在城市文化公园、乡村旷野辟出山歌活动的空间；或在当地山歌协会，甚至是在地方政府部门的组织下开展山歌活动，这实在是件令人十分振奋的事情，本项目的多位参与者就曾亲身参加山歌活动，可谓深有体会。

但是，不可否认的是，山歌与其他艺术形式曾经的依存关系在逐渐解体，山歌艺术营养直接滋养其他艺术形式的状况已有所改变，有的已不那么直接，有的甚至不复存在，传承者也越来越少。新时代的青少年自有他们对于时尚文化和富有刺激的、快节奏的艺术形式的追求，大环境使然，随着老一辈们在封建时代文化生活极度贫乏、社会等级制的普通民众话语权被剥夺、旧伦理道德对于情爱诉求讳莫如深的社会状态的彻底改变，这些都使得山歌这一民间艺术形式存在的土壤和氛围悄然淡化、消退。因此笔者认为，"山歌存在于民间，否则就不叫山歌了。因此今天的歌谣文化的浅层次性、边缘性和中老年主体性是很明显的，任意地改变或拔高就会扭曲。从这一角度来讲，如果有一天，具有这一特性的歌谣文化被更高层次的艺术形式所替代，笔者以为，不应该是时代的退步，而是时代的进步了"①。因此，当前青年群体有了更多的文化选择，是无法责备和苛求的。

然而，这并不意味着作为高校教师和社会科学研究者的我们将无所作为，相反，对于传统歌谣的保护、挖掘以及对歌谣文化的传承和弘扬有很多工作需要我们去做。对于流传于红水河流域的传统歌谣亦是如此。

红水河发源于云南省曲靖市沾益区马雄山，称南盘江，南流至开远市转向东，至望谟县与北面来的北盘江相汇，始称红水河；红水河因两岸多

---

① 谭为宜：《试论刘三姐文化建设中文艺理论家的介入》，载《"传统与文艺：2008北京·文艺论坛"》，人民文学出版社，2009。

为红色砂页岩层，水色红褐而得名。红水河流经广西百色市的乐业，河池市的天峨、南丹、东兰、大化、都安，以及来宾市的合山、忻城、兴宾区等县（市、区），至象州县石龙镇与柳江汇合后改称黔江，最后汇入西江。红水河流域是壮、汉、瑶、苗、侗、毛南、仫佬、回、彝、水、仡佬等民族长期生活的地方；红水河流域多民族文化的碰撞和交融，也充分体现在山歌文化的交流和互鉴上。我们能够从这些传统歌谣文化中去体味多民族和谐共生的思想情感、习俗品性和梦想追求；我们可以吸收原生态文化的丰富营养，为新时代的文化建设和文艺创作提供滋养和支撑的民族文化宝藏。基于这一认识，我们向河池学院申请成立"广西红水河流域传统歌谣文化的保护与开发研究"协同创新中心，并于2014年获得立项。协同创新中心为四方合作，即河池学院文学与传媒学院、河池学院艺术学院、河池市社会科学联合会、来宾市社会科学联合会，该协同创新中心主任为谭为宜，副主任为罗相巧、周龙、臧海恩、周佐霖等，参与者若干人。立项后我们团结协作，多方搜集传统歌谣，在积累一定素材后，我们开展学术上的研究，并对搜集的歌谣进行分类导读。然而因为主观上的努力不够，加之研究者日常工作任务的繁忙，研究工作有些滞后，影响到研究的深度和广度，这些都望读者诸君给予包涵、指教。我们将继续努力开展好下一阶段的工作，因为对于传统文化的继承与发展是党和政府，以及高校、社会科学研究及管理部门高度重视的工作，也是广大研究者、爱好者的义务和责任。

　　是为序。

谭为宜

2020年8月18日

目录

contents

第一辑　情　歌

第一辑　情　歌

瑰丽多姿的红水河情歌

　　源远流长的红水河自西向东横穿广西中部，滋养着流域内壮、汉、瑶、苗、毛南、仫佬等民族，其中，壮族人口占了绝大多数。因此，从一定意义上而言，红水河文化是广西少数民族（壮族）文化的典型代表。红水河孕育了"歌仙"刘三姐，刘三姐是广西乃至整个珠江流域壮、汉、瑶、苗、毛南、仫佬等民族共同崇拜的歌仙，她的情歌一直濡化红水河沿岸的民众，历代人民借此创作了瑰丽多姿的红水河情歌。

　　红水河流域各民族能歌善唱，自古就有以歌代言、以歌连情、以歌养心的传统，这里的民歌特别是情歌尤其擅长以触景生情、托物、比喻、盘问等方式唱出摄人心魄、声情并茂的动人歌词，以此表达人们含蓄而又热烈、温润而又激越的思想情感。红水河是一条会唱歌的河流，如《望郎歌》里有"春到花飞扬，早起忙梳妆。人人打伞盘山过，双双对对同歌场。千人来，万人往，手攀古罗望情郎；我在路边等又等，我在山口望又望；星星已经走去了，月亮已经下山岗。鸡啼三遍又五遍，我在梦里见情郎；一片烟叶一层情，何时交给郎？"男女定情后，结婚前男方不能去女方家，女子思念情郎，用情专且深，着实感人。

　　红水河土地上的情歌，具有红水河流域文化大背景下鲜明的民族性与地域性特征，红水河情歌所咏之情是红水河儿女内心真实的哀乐之情，所表现的都是红水河儿女真实的生活内容，这是欣赏、解读红水河情歌的关键所在。八角、红薯、莲藕、背篓、楼梯等红水河流域常见物什都纳入情歌歌词中，在男女恋情对唱中融入日常生活的物什，平添了红水河情歌的浓郁的地域性和民族性元素。

> 女：桂树八角一样香，老妹阿哥共条肠；
>
> 　　我们好比长江水，盼望冬寒见白霜。
>
> 男：想妹想成"三八"鬼，时时都想拢一堆；
>
> 　　想妹不见妹的面，红薯进灶真该煨。
>
> 　　……
>
> 男：妹癫哪比哥多癫，手抓把筷去犁田；
>
> 　　走到田边才醒定，坐在田坎泪涟涟。
>
> 女：下雨蒙蒙不见天，河水弯弯不见船；
>
> 　　想哥好比峨眉月，百等楼梯不到天。

——《广西情歌精彩对唱》（黄有福编著. 广西情歌精彩对唱. 中国文化出版社，2005.07）

　　我们现在收集到的红水河情歌绝大多数都是新中国成立前后所传唱的情歌，所描述的生活画面已经与现实生活不完全对等，通俗地讲，就是今天的人唱昨天的歌，现代的人回忆过去的生活，它所体现出来的审美特征具有鲜明的幻想性，而表达的却又是现实的真实感情，因此红水河情歌具有幻想性与真实性相统一的鲜明特征。

　　刘锡藩先生在其1934年出版的《岭表纪蛮》一书中写道："壮歌尤悦耳。唱时，一呼疾起，曳声入云，在余音袅袅中，急转直下，再跌再起，长声绕天，回旋不散。若联合多人同声齐唱，抑扬振落，四山回声相应，虽远隔数里，而声彻耳鼓，使人怦然动怀……大抵蛮人歌谣，一以'平民化''两性化''团队化'为其基本原则，而艺术又臻于善美，故能左右心灵，使人甜醉。"刘先生的这段描述在今天的红水河流域还是有机会体验得到的，刘先生描述的是壮族山歌，红水河情歌是其中最多最美的一部分，因为红水河两岸的壮、瑶、苗、侗等少数民族都有着"倚歌择配"和"赶歌圩"的特有传统，赶歌圩的目的之一就是唱情歌，寻觅心上人，情歌是他们爱情、婚姻的媒介，曾几何时，红水河流域的青年男女乐此不疲，无比热衷。例如，女唱："广东买藕广西种，藕藤攀到柳州城，老妹为哥心野了，千年万代不能分。"男唱："老妹为哥心野了，阿哥为妹心也飞。我们好比花和蝶，花迷蝴蝶蝶迷梅。"再如瑶族吐露私情的情歌《珠洒露》，采用男女低吟形式，"我们是两山的画眉，曾相逢在浓绿的树枝，泉水留下我们的身影，青山响着我们的木叶声；我们是两地的古蜂，曾相碰在花蕊里，共采过香香的花，同酿过甜甜的蜜；我们是两地的鹧鸪，曾相会在金色的梯地，一粒竹豆分做两，一颗小米各半粒；我们是两地的彩蝶，曾相遇在碧绿的沙坡树上，留下舞姿给春天，留下欢乐给花枝。"

情歌飞扬的歌圩，是青年男女"以歌传情""倚歌择配"为重点的全民性文化狂欢的场所，清代屈大均在《广东新语》中写道："俍之俗，幼即习歌，男女皆倚歌自配，女及笄，纵之山野，少年从者且数十，以次而歌，视女歌意所答，而一人留，彼此相遗。"这是壮族歌圩的生动写照，也是作为珠江流域组成部分的红水河流域民风民俗的真实描绘。

红水河情歌的真诚传唱和歌圩的真实记载似乎说明一个事实，那就是红水河流域的各民族青年男女都能充分享受自由的恋爱和浪漫的恋爱方式。如《永得与妹连》："高不过鹰鹊栖息的山头，美不过山头飘扬的云朵；我爬上那山头取来那云哟，去换阿妹的笑脸。"《初会》（男女对唱）："女：山高高，路漫长，山路走来商人样；妹借山歌问一句，商人来自哪一方？男：不怕高山高，不怕山路长；阿哥住在金沙滩，特来此地寻绸缎。"《树藤》："你是高山山的一棵树，在五月的风中亭亭玉立；我是那树下的一条藤，快乐地攀上你的腰肢。"壮族歌圩《对唱》："女：年年三月是歌节，壮家人民喜开颜；四面八方来汇聚，唱起山歌乐无边。男：唱歌要有对唱和，打鼓就要配响锣；请问乡亲姐妹们，哪个有心就来和。女：哥讲唱歌就唱歌，哥讲撑船就下河；妹拿竹篙哥拿桨，随哥撑到哪条河。

男：妹有意来哥有心，同盘洗脸共手巾；不信妹看芭蕉树，从头到尾一条心。女：甜了甜来甜了甜，哥今跌倒妹身边；妹有心来扶哥起，东拜日头西拜天。男：一条河水清又清，河边都是打鱼人；打鱼不得不收网，恋妹不得不收兵。女：牡丹开花球对球，鸳鸯结对水中游；三月歌圩寻双对，我向情哥抛绣球。男：唱得好来答得乖，唱得黄莺张嘴呆；唱得江河同声应，唱得阿哥心花开。女：莫夸多来莫夸多，阿妹本来爱唱歌；要问山歌有多少，三天三夜唱不落。"

时代在进步，我们已经不可能回归到田园牧歌式的农业文明时代，农业时代的文明背景已经与我们渐行渐远，那种"男女盛服，椎髻徒跣，聚合而歌""以答歌踏青为媒妁"的婚恋方式在现代文明社会已经难觅踪迹。时代日新月异，人们的观念同样与时俱进，生活方式也越来越丰富多彩，红水河流域的人民亦是如此，红水河流域少数民族的赶歌圩、倚歌择配的习俗已经不占主导地位，取而代之的是自由恋爱的新风尚。另一方面，随着国家对非物质文化遗产保护力度的不断加大，歌圩的形式在某种意义上是能够长期保留下来，但歌圩的实质与内容、地位与影响力已经不可同日而语，因此，如今红水河情歌的传唱目的已经发生重大变化，它已经不以择偶为目的了，而是以传承情歌的灵魂与传统为目的。现实告诉我们，唱情歌的人身份也在发生变化，年轻人退出前台，中老年人走进舞台中央，近几年风靡一时的《武宣婆大战柳州老鬼》微视频就能说明这个问题。

正因如此，红水河情歌的灵魂不会泯灭，它如红水河的浪花一样日夜跳跃着生命的音符，即使它已经不是现实生活的最直接的反映，但它依然是红水河人民内心最真实的表白，因为红水河人民的身上永远流淌着先民好歌的血液，红水河人民永远不会忘记自己先民走过的路，他们唱着不老的歌谣就是在重温先民的历史，也是对民族发展的最好继承。一言以蔽之，时代变了，但红水河人民能歌善唱的性格没有变，他们眷恋过去的日子，他们穿越时空，用回忆过去表达现实中的情感，红水河瑰丽多姿情歌的审美内核永远闪烁着幻想与真实的光芒。

参考文献：

[1] 王杰.审美幻象研究 [M].桂林：广西师范大学出版社，1995.

[2] 范秀娟.壮族情歌：乡土社会的审美幻象 [J].柳州师专学报，2010（6）.

[3] 覃乃昌.红水河文化研究 [J].广西民族研究，2000（2）.

[4] 覃忠盛.解读《广西情歌》的历史价值 [J].河池学院学报，2010（1）.

第一编　情歌互恋 (壮族)

第一节　七字比侬

问 (壮)：做块石板路边坐，运气斗遇穷勒作；
　　　　撒把温假作旁坡，由它本蒜它本谷。

译 (汉)：手拿石板路边坐，好运得逢与侬乐；
　　　　拿把谷种坡上撒，管它成蒜或成禾。

答 (壮)：母卜母面卜母板，同卡斗赶圩衙门；
　　　　土象乙汝勒虾糠，朝之层到江河老。

译 (汉)：各在一村各一寨，一同来赶衙门街；
　　　　咱像溪涧小虾米，从未到过大江来。

问 (壮)：要宁锯末斗替糠，白鸟进塘斗顶鹅；
　　　　装鞍作牛顶马郎，敲锅盖班斗顶锣。

译 (汉)：拿点木糠替米糠，白鸟当鹅来下塘；
　　　　黄牛配鞍当马使，锅盖做锣敲叮当。

答 (壮)：母朝被老刚到县，碰队爱唱二三句；
　　　　国缝做剪之层成，弄割坏布之用怪。

译 (汉)：初到县城赶衙街，相逢爱唱几句来；
　　　　初学裁缝初拿剪，剪坏布匹莫见怪。

问 (壮)：排水你熟成卡马，象纳捉鱼在拉河；
　　　　水流水专你米咔，做篱扎马稳象坡。

译 (汉)：你熟水性早听说，胜过水獭下江河；
　　　　急流漩涡从不怕，撑篙摇桨稳如坡。

答 (壮)：比且难来牙米试，百各成级结蛛网；
　　　　碰数卜匠米敢吵，撑船好怕碰水专。

译 (汉)：好久没有唱山歌，喉咙起了蜘蛛窝；
　　　　碰见歌师不敢吵，撑船最怕遇漩涡。

问 (壮)：丕肯丕拉可色瞧，比你盈尧头盈楼；
　　　　那年挨鼠咬宁角，落斗土要之米跌。

译（汉）：人说山歌你最多，堆满谷仓满楼阁；
那年老鼠咬一口，让人捡得手皮破。

答（壮）：要母排比提斗谈，比数利来过水波；
万里长江装米托，逊进黄河装米完。

译（汉）：咱们哪比你歌多，你歌如泉连浪波；
万里长江装不下，溢到那边满黄河。

问（壮）：得宜数台刀好墨，可像黑夜啃黄瓜；
头苦头甜牙难点，怕数勒邦讲品刀。

译（汉）：得句你们赞美话，犹如半夜吃黄瓜；
是头是尾摸不着，只怕你们说反话。

答（壮）：国比岂要句句真，同遇同碰可弹转；
便你牙愿古牙愿，齐卡头演朝勒作。

译（汉）：句句都真哪成歌，逢场作戏做娱乐；
只要双方都愿意，同来演唱青春歌。

问（壮）：母侬养侬脸浩白，像个冬瓜造剥皮；
皮刀剥了内有心，卜卜斗见之好约。

译（汉）：见妹生得白细细，好比冬瓜剥了皮；
冬瓜剥皮心还在，个个美慕想嘘嘘。

答（壮）：土成棵梨在百墙，花层开完露层由；
班勒露托花之斗，露米层由花层开。

译（汉）：咱家门口有棵梨，蓓蕾待放等露滴；
甘露来早花开早，露水来迟花开迟。

问（壮）：斗碰依强牙米疑，唱比声好像黄梅；
数象凤凰声乙乙，土可象鸡托后塘。

译（汉）：不料今日逢靓妹，美丽歌喉像画眉；
你像凤凰声声脆，我鸡落水不敢啼。

答（壮）：料数才艺之最高，舞龙丁身米粘泥；
十县八省国卜匠，公鸡装顽米所哼。

译（汉）：早传你们多才艺，舞龙双脚不沾泥；
十县八省当师傅，公鸡假装不会啼。

问（壮）：三月锦鸡拉马内，四月子规之全酸；
　　　　土穿件衣可肩半，难强你侬穿得裙。

译（汉）：三月锦鸡野外叫，四月山中子规啼；
　　　　哥是手长袖子短，难配妹穿连裙衣。

答（壮）：想唱即唱全米唉，鸭可头鸡禁在家；
　　　　数之美欧肯泰山，土之牡丹刚出丫。

译（汉）：要唱就唱莫谦虚，鸡鸭同笼共叫啼；
　　　　你是山顶松柏树，咱是牡丹刚抽枝。

问（壮）：一路唱比一路马，一路买花一路种；
　　　　到哪家你之弹问，利米地坐所奴米？

译（汉）：一路唱歌一路来，一路买花一路栽；
　　　　到妹家门开口问，能有空位等哥来？

答（壮）：太阳落山丕纷纷，双方嬉戏求所求；
　　　　国家大乐待朋友，便坐等求应之却。

译（汉）：太阳落山纷纷去，双方娱乐不定时；
　　　　路边起房待朋友，有心来坐咱感激。

问（壮）：到处花开江月宜，米比棵尼多而眼；
　　　　侬勒板板家卡马，利强过花宜三月。

译（汉）：到处开满二月花，不比此朵更艳华；
　　　　问妹哪村哪家女，靓过二月三月花。

答（壮）：单村独户勒家虽，朝牙层得谁斗查；
　　　　一片平地板拉巴，母勒盖草之独达。

译（汉）：单村独户小人家，从未有人问与查；
　　　　一片平地山脚屯，茅草盖屋是咱家。

问（壮）：棵榕哪板高老来，土爬丕尾瞧板侬；
　　　　见三条路近同转，米所家依条路勒？

译（汉）：庄前榕树高入云，爬到树尾望妹村；
　　　　望见妹村三条路，不知哪条进妹门？

答（壮）：条路中间可物侬，条河又将两排分；
　　　　肯家出草没谁割，那贡石块斗国凳。

译（汉）：中间那条进妹门，一条河水两边分；
　　　　房顶生草无人割，门口两边石当凳。

问（壮）：刚到你村土米娟，层所家依级梯楼；
　　　　板数做房全同后；土米敢奴米敢问。

译（汉）：初来你村不熟寨，你家楼梯几台阶；
　　　　你村房子都一样，咱不敢问不敢来。

答（壮）：后板共有三条路，条哪条后后家费；
　　　　母勒封草土之住，你成心事你之后。

译（汉）：三条大路进村寨，咱家就在第二排；
　　　　茅草盖房是咱住，你不嫌弃就进来。

问（壮）：人讲你家在街么，门牌米所登几来；
　　　　狗守百当严班歹，土米所买后难得。

译（汉）：听说你家在新街，不知几号是门牌？
　　　　家有恶狗守门户，阿哥哪里进得来！

答（壮）：架棚卖菜在街后，门牌米城家矮低；
　　　　独韦链套俄又锁，它全米咬你用怕。

译（汉）：街尾搭棚卖青菜，家穷屋矮没门牌；
　　　　狗有链条锁头锁，绝不咬人随便来。

问（壮）：你家肯街人全论，画龙画凤靓象花；
　　　　土在地摊卖狗肉，后家依沙克之得？

译（汉）：人说妹家在当街，雕龙画凤是豪宅；
　　　　咱摆狗肉地摊卖，哪样进得你家来？

答（壮）：家穷百蠢之自低，米嫌之坐马同排；
　　　　十字街头摆水卖，你啃几来古之倒。

译（汉）：家穷自然门户矮，若不嫌弃坐过来；
　　　　十字街头卖凉水，你喝多少我来筛。

问（壮）：天尼你到排尼坡，你牙刚托土刚遇；
　　　　双方年纪牙后生，想查想问约卡马？

译（汉）：如今你到这边岭，你初相会我初行；
　　　　双方年龄正相仿，想问你叫何姓名？

答（壮）：米得读书姓米所，家穷起名之米成；
　　　　　欠姓欠名之杂心，邦板人见叫国火。

译（汉）：不得读书不知姓，家穷无钱来起名；
　　　　　无名无姓心太杂，人逢唤我穷鬼精。

问（壮）：想走夜路之办灯，想挖红薯之找藤；
　　　　　你之老几列物侬，约碰拉片国色内？

译（汉）：想走夜路先找灯，想挖红薯先找藤；
　　　　　你在家中排老几？今后见面如何称？

答（壮）：双排同见在基尼，算斗运气牙成层？
　　　　　你叫样色宜后心，但你叫到古之搭。

译（汉）：双方在此得相逢，算来运气两相通；
　　　　　你觉哪样叫顺口，你开口叫我就应。

问（壮）：侬斗碰哥米论约；感情联络牙是难；
　　　　　明天同拨丕马家，写信同拴国色开？

译（汉）：妹不对哥讲姓名，双方如何连感情；
　　　　　明天离别回家后，相思写信寄谁人？

答（壮）：石在旁邑之姓侬，波票浮方可约一；
　　　　　结情象石米勒裂；你问波票斗开信。

译（汉）：山中石头是妹姓，水中浮萍是妹名；
　　　　　海枯石烂心不变，寄信水中问浮萍。

问（壮）：问侬要姓米论索，问侬要约侬来点；
　　　　　线搯风筝飞翩翩，后内月亮牙难求。

译（汉）：咱问你姓不讲姓，咱问你名不讲名；
　　　　　万丈胶丝放纸鹞①，飞入月宫难追寻。

答（壮）：芭尼唱比邑印跟，你之姓阳古姓阴；
　　　　　阴阳同配情连情，芭蕉一心在内园。

译（汉）：这山唱歌那山应，今你姓阳我姓阴；
　　　　　阴阳相配情不断，园里芭蕉一条心。

----

① 纸鹞，指风筝。

问（壮）：到边园你从印萨，牡丹开花朵对朵；
　　　　想摘马家洋物顾，近之独费米敢要。

译（汉）：到你园边转悠悠，牡丹开花球对球；
　　　　想摘回家慢慢养，别人东西不敢偷。

答（壮）：手抓泥鳅用给脱，趙拉脚略只用怕；
　　　　摘花魂颜国原苦，登你用怕魂勾刀。

译（汉）：手抓泥鳅莫给脱，赤脚走路莫怕磨；
　　　　有意要把玫瑰采，莫怕鲜花倒钩多。

问（壮）：侬本棵花在拉廊，土见好强又想要；
　　　　想提马种作园叟，想丕挖要得所否？

译（汉）：妹家门前有菀花，妩媚耀眼咱想拿；
　　　　想拿回咱园里种，问妹给挖不给挖？

答（壮）：囊层亨材层本梢，土江风老棵笔耱；
　　　　土样个船拉码头，卜勒想欧他之撑。

译（汉）：笋未脱壳未成竹，咱像风中芦苇苦；
　　　　咱是船儿码头挂，谁想下河就来渡！

问（壮）：旁坡想头你侬谈，在哪人来米好问；
　　　　罗讲拉丁挨温挣，叫侬斗坐帮古挑。

译（汉）：坡上欲想同你聊，人多哪敢开口叫；
　　　　谎称山刺缠脚底，喊你过来帮我挑。

答（壮）：云层撑船头做篙，养牛米槽米做镰；
　　　　手潘屎怀米本从，国色的侬挑得温。

译（汉）：从不撑船不摸篙，割草养牛未摸刀；
　　　　手捅牛屎不成窿，如何帮你把刺挑。

问（壮）：水大拉河丕悠悠，过河正碰船下河；
　　　　卜开汤圆碰卜饿，闷灯丁假卜卖油。

译（汉）：河里大水漂连连，过河遇着下水船；
　　　　汤圆卖对饥饿汉，灯草定等卖油仙。

答（壮）：那早耙田提斗论，牛造刚准到江田；
　　　　见你扛伞上记马，牛挨抽脚全冤枉。

译（汉）：早上牵牛去耙田，刚刚走到田中间；
　　　　见妹打伞田边过，黄牛挨打冤枉鞭！

问（壮）：八月十五蝈啃月，古之奴圆你奴半；
　　　　二卜同争叫嚷嚷，到鸡哼散之米静。

译（汉）：八月十五对月食，圆缺争吵我和你；
　　　　双方草坪争争吵，不知到了五更天。

答（壮）：十五月亮在肯天，古见米匀可见半；
　　　　你见母月半边亮，二排月班合之圆。

译（汉）：八月十五月食天，我见月亮缺左边；
　　　　你见月儿左边亮，我俩合来就团圆！

问（壮）：鸟飞作眼牙难找，古看哪眼要国值；
　　　　晚三十乙看图历，又差初一几来难。

译（汉）：鸟飞远去难找见，我是有意讲眼前；
　　　　年三十晚看皇历，还差初一几多天！

答（壮）：肯天河海牙难游，内井通船也难挣；
　　　　晚三十乙物见面，同碰相连粘二比。

译（汉）：天上银河不可游，井底有水不通舟；
　　　　大年三十来见面，相逢一夜两年头！

问（壮）：侬样棵花在内园，花开越墙排外斗；
　　　　伸手丕耍花又皱，缩手刀斗花又开。

译（汉）：你是好花园中栽，墙矮花高探出来；
　　　　伸手欲摘花又皱，缩手回来花又开。

答（壮）：高尼得罪米好谈，洗脚要鞋奴你递；
　　　　赔罪盖茶一给侬，便你米让米应当。

译（汉）：得罪一回你莫怪，洗脚喊你来递鞋；
　　　　咱今捧茶来赔罪，你不原谅理不该。

问（壮）：全久同多约同排，家土侬乖牙所嗖；
　　　　田里流水种莲藕，国色扯斗利囊翁。

译（汉）：同街连瓦是隔壁，咱的根底你全知；
　　　　泥田里面栽莲藕，何必拖水又带泥。

答（壮）：乱裁乱缝难成件，可像浮萍难国媳；
　　　　飘丕飘刀米到头，约你另欧只托后。

译（汉）：乱缝乱裁不成衣，浪荡漂泊难为妻；
　　　　飘来飘去无定所，到头怕你悔恨迟。

问（壮）：酒好当家之当乙，好花全跌在旁芑；
　　　　花米罗蜂蜂米雅，依米眨眼古米斗。

译（汉）：好酒尽在自家筛，好花都在野外开；
　　　　花不招蜂蜂不采，你不逗我我不来。

答（壮）：你讲乖话之最象，哄得吾尚米啃斋；
　　　　尼姑啃诺斗送艾，仙女利乖臣下凡。

译（汉）：阿哥说话乖又乖，弄得和尚不吃斋；
　　　　庵里尼姑不吃素，弄得仙女下凡来。

问（壮）：六月沤鱼难啃冻，犁田提粪份独土；
　　　　谷黄江洞人之收，谷王剩铺土之得。

译（汉）：六月酒鱼难吃冻，犁耙耕耘咱的份；
　　　　八月谷黄人收去，玉米无粒给咱存。

答（壮）：侬奴你哥心用乱，边茫草嫩利假牛；
　　　　头苗失收用想勒，晚造谷耳牙可躬。

译（汉）：咱俩劝你心莫忧，沟边嫩草还等牛；
　　　　头苗失收莫感叹，晚糙谷子也勾头。

问（壮）：作后晚造提斗论，风调雨顺刀米忧；
　　　　怕寒露风出斗速，十粒谷字九粒巴。

译（汉）：独植晚糙不好说，风调雨顺心喜悦；
　　　　怕寒露风来得早，十粒谷就九粒瘪。

答（壮）：秀才落榜你用忧，另搓麻绳可米挨；
　　　　勒丘成虫收米得，勒茶粒虽可本油。

译（汉）：名落孙山哥莫忧，手搓麻绳另起头；
　　　　桐子生虫收不了，小颗茶籽也有油。

问（壮）：银干银万弄所上，真心卜人米乱遇；
　　　　硬你重心马问强，古宜吃水牙可甜。

译（汉）：黄金万两容易筹，知心知己最难求；

你愿同我来陪伴，喝水我觉有甜头。

答（壮）：品性米怕塔浩奥，品美米怕尾美甸；

你像野马到处跃，要绳要链把你套。

译（汉）：爬山不怕山陡峭，爬树不怕树尾摇；

你像野马到处跑，拿绳拿链把你绚①。

问（壮）：先叫你侬米斗边，尼你斗年古宜蒙；

韭菜小麦同卡种，插在拉垌难所买。

译（汉）：过去喊你你不认，如今你随我吃惊；

韭菜混同小麦种，真真假假最难分。

答（壮）：头你结情古米亚，便你压马古可强；

鸟拉八梁谈金金，朝尼可强母朝你。

译（汉）：与你连情不愿分，你若回屋我要跟；

梁上燕子吱喳叫，今生窝造你家门。

问（壮）：你侬讲话刀青好，可怕美丝尾弯刀；

造家到件你之奥，土达利梢难捅天。

译（汉）：你讲句话好爽口，只怕竹尾反倒勾；

结交途中又反悔，竹竿难捅到天头。

答（壮）：二土讲话之讲真，谁头卜你讲话罗；

板哪板后人波梭，朝土米罗卜勒足。

译（汉）：咱俩讲话就讲真，谁同你们去哄人？

前村后寨随你问，咱们哄过哪个人！

问（壮）：你侬讲话达青好，可怕美丝尾弯刀；

你侬要娃丕钓虾，再张嘴大牙难哨。

译（汉）：听你讲话本是好，只怕竹子尾掉头；

你拿青蛙钓虾子，本事再大难下口。

答（壮）：二土讲话之讲真，谁头卜你讲话罗；

筋利罗骨头罗诺，不从勒果住之安？

---

① 绚，动词，用绳索捆。

译（汉）：我俩讲话真就真，谁同你们讲哄人？
　　　　　筋与骨肉还哄骗，即到何处去安身？

问（壮）：宜你讲话刀青好，可怕美梨成来丫；
　　　　　丫在排肯人又押，丫在排拉人又捐。

译（汉）：听你句句顺耳话，只怕梨树多分杈；
　　　　　上面枝丫人又管，下面枝丫人又抓。

答（壮）：二土讲话之讲真，土头卜你讲达晒；
　　　　　卡虽利不罗能胎，国色育歪之本丝。

译（汉）：咱俩讲话真又真，话讲都是肺腑心；
　　　　　转子还哄传动带，纺纱抽丝哪样行。

问（壮）：年四十八在邦地，你讲样尼古难喊；
　　　　　人得菜嫩歪泡汤，剩筒桑昂且给答。

译（汉）：为人活到四十八，你讲这样我难答；
　　　　　人得嫩菜打汤去，剩下给我老苑芭。

答（壮）：怨博怨母头怨命，怨媒牵情走弄家；
　　　　　怨八字坏马阳间，先生国傍害了朝。

译（汉）：埋怨爹娘埋怨命，埋怨媒婆走错门；
　　　　　八字不全到阳间，先生妄说害一生。

问（壮）：见棵仙桃在肯顶，花开红丁在半天；
　　　　　想要马种作内盆，塔桑克品歪之得？

译（汉）：一苑仙桃在崖尖，花开犹如在高天；
　　　　　本想摘回盆里种，只恨山高路又险？

答（壮）：二土运气实在差，干谷发芽在内笼；
　　　　　要作内田特歪种，根造达吐鸟又勾。

译（汉）：我俩运气实在差，笼里干谷自发芽；
　　　　　如今拿到田里种，刚刚生根鸟又扒。

问（壮）：命薄如纸可物你，月在肯天牙难摸；
　　　　　花在园人开国亮，土利银万牙难要。

译（汉）：命如砂纸一样薄，月在天边手难摸；
　　　　　好花开在人园里，黄金万两要不着。

答（壮）：月冬想哥坐百当，谁疑风冷斗又吹；
　　　　逼要肩磨斗作火，磨谷国迟样色推。

译（汉）：冬天想哥坐门背，谁知又被冷风吹；
　　　　灶里无柴烧磨把，这回叫我哪样推？

问（壮）：天塌下来顶棉盖，作火用屯米利柴；
　　　　填栏用欧草米盈，花到春月之自跌。

译（汉）：天塌下来当被盖，莫愁烧火没有柴；
　　　　莫忧填栏没有草，春到人间花自开！

答（壮）：昨夜雨大雷又吼，到处花开全亮分；
　　　　勒费园内走成路，园土草蓬米谁踩。

译（汉）：昨夜雷响大雨来，到处花儿迎春开；
　　　　别家花园走成路，咱家花园无人踩。

问（壮）：牛角搭索白了力，内水捞月牙难得；
　　　　出贡跟人丕助妹，好强好爱米土叟。

译（汉）：牛角扳直空费力，水中捞月枉心机；
　　　　陪人去接新媳妇，再好也是他人妻。

答（壮）：狗头米捶米成肉，鼓锣米敲米好穷；
　　　　肉参豆腐一同煮，你奴米啃卜勒信。

译（汉）：狗头剔肉须捶烂，锣鼓不敲声不响；
　　　　豆腐捞肉一锅煮，你讲不吃是妄谈。

问（壮）：恨魂恨命米受虽，买得怀退马又朔；
　　　　三八养久勾另缩，命歹命莫所奴色。

译（汉）：只恨命里不纳财，买得孕牛又堕胎；
　　　　羚羊养久角变短，命运不济自悲哀？

答（壮）：古奴卜你牙用欧，另巴笼斗编国涯；
　　　　你之造各古编尾，编国成涯叟物敏。

译（汉）：你莫愁来你莫愁，破竹削篾另起头；
　　　　你编头来我编尾，首尾相连慢慢收。

问（壮）：闻屁米饱狗最恨，杨梅摆丫延命猴；
　　　　杨梅舔雪提斗啃，全酸全醒了母肚。

译（汉）：闻屁不饱气死狗，树尾杨梅气死猴；
　　　　杨梅醮雪吞下肚，几多寒酸在心头。

答（壮）：六月月热走路蜡，之啃盏茶一国爽；
　　　　唱比同伴斗国肮，枉不克担排杂心。

译（汉）：六月炎热心莫忧，喝杯茶水爽心头；
　　　　唱歌同伴同高兴，甩开一切忧与愁。

问（壮）：勒费唱比笑哈哈，土坐河边望水流；
　　　　勒费唱比刀好昧，连唱丕远土连欧。

译（汉）：人家唱歌乐悠悠，咱在江边望水流；
　　　　他人唱歌最热闹，唱得越久咱越愁？

答（壮）：二排国沉笑哈哈，用内好恨来国色；
　　　　十七十八下尾坡，土斗还各得罗否。

译（汉）：双方嬉戏笑哈哈，烦恼想多做什么；
　　　　十七十八沿坡走，咱来安慰可以吗？

问（壮）：所你讲真米讲真，便架桥石土之晒；
　　　　怕你可架桥美艾，罗土丕过之捐躺。

译（汉）：不知你讲真不真，架起石桥咱愿行；
　　　　艾木架桥哄哥走，咱怕落水无救人。

答（壮）：便你奴真古之真，可像块石拉圩八；
　　　　便你奴业古之业，先之山伯尼之叟。

译（汉）：你讲实来我讲实，犹如八圩定情石；
　　　　你若诚来我就诚，今世梁祝我和你。

问（壮）：品美之品各作尾，到江眼晒用转刀；
　　　　国沉之国作朝老，大阳亮刀物托邑。

译（汉）：爬树要爬到树梢，半途眩晕不许逃；
　　　　相逢相伴到百岁，夕阳红里尽逍遥。

答（壮）：便你编克斗养命，天古之令丕捶皱；
　　　　要是天你丕守牛，古之令提母特污。

译（汉）：你卖草鞋养命活，我捶禾草给你搓；
　　　　你若守牛过日子，我愿跟随背号角。

问（壮）：肯天拉地牙所转，得头你侬结条情；
　　　　棵美尾宁各米宁，人斗作针之用信。

译（汉）：天地轮回有转心，如今与你结深情；
　　　　风吹叶动根无动，莫信是非听他人。

答（壮）：象棵芭蕉在后园，朝叟可原共条髓；
　　　　人讲是非之是非，土全米内作心头。

译（汉）：今得与你结深情，就像芭蕉一条心；
　　　　人说是非随他说，我愿同你永久亲。

问（壮）：枸杞米嫌白苦马，二叟成家得共台；
　　　　你来嫌古穿服线，古国原爱你母朝。

译（汉）：枸杞不嫌苦麻菜，我俩成家坐一台；
　　　　你不嫌我穿土布，我永爱你不分开。

答（壮）：锅泥有盖温锅泥，卡老当卜当好爱；
　　　　古米嫌你古之丕，你牙用内奴古顽。

译（汉）：砂锅自有砂锅盖，各人老公各人爱；
　　　　不嫌哥丑妹才嫁，哥也莫嫌妹不乖。

答（壮）：你侬牙爱古牙爱，朝尼同得牙米疑；
　　　　尼叟二排宜全好，象鱼飞旗拉底海。

译（汉）：你有情来我有意，今得结合岂迟疑；
　　　　现在双方都觉好，似鱼碰旗在海底。

问（壮）：你侬米嫌古米嫌，田切拉墙牛可耙；
　　　　毛久架桥可米埃，但你外得古可年。

译（汉）：你不嫌来我不嫌，老牛也愿耙烂田；
　　　　头发架桥也不怕，你敢过来我敢牵。

答（壮）：点香拜天之最老，二叟结交丁百年；
　　　　公鸡雌猪郎拉墙，你牙层阉古层线。

译（汉）：双方烧香来拜天，我俩结交订百年；
　　　　公鸡混同猪郎放，你也不阉我不阉。

问（壮）：你讲米嫌物侬论，又怕你啃米得苦；
　　　　鸟找高枝脚物独，埋你侬由愿漫翁。

译（汉）：你讲不嫌我舒服，又怕你吃不得苦；
　　　　　鸟仔都往高枝站，难道你愿泡泥污？

答（壮）：穷迷同遇物后心，穷火同见自同盂；
　　　　　星星北斗同卡坐，叟之同强国作朝。

译（汉）：富见富来才交谈，穷人相见也好玩；
　　　　　星星北斗一起坐，同耐一生苦与寒。

问（壮）：勒蛮勒的囊姜滚，兼蛮兼苦你牙约；
　　　　　田地又砚家又落，你米嫌火之共家。

译（汉）：辣椒苦瓜煮生姜，又辣又苦你愿尝；
　　　　　土地贫瘠家又漏，你不嫌贫就成双。

答（壮）：汤苦汤蛮古愿啃，但得头你共心髓；
　　　　　你国丐化古可爱，唱比同推邦外邦。

译（汉）：是苦是辣我愿尝，但得与你共心肠；
　　　　　你做乞丐我也爱，唱歌乞讨庄过庄。

问（壮）：可多石嗖斗国强，可半勒方斗国潘；
　　　　　石头当枕章斗垫，又怕你侬睡米静。

译（汉）：石头架灶当足鼎，半捆禾草把被顶；
　　　　　石头当枕禾草垫，只怕你来睡不宁。

答（壮）：你牙米嫌家古苦，古牙不怕你家火；
　　　　　尼叟双方全同所，象六斗波二久通。

译（汉）：我也不嫌你家苦，你也不怕我家穷；
　　　　　双方相互知根底，竹筒吹火两头通。

问（壮）：便真成尼刀青好，怕米成尼土之欧；
　　　　　便真成尼刀青后，米土可看你侬空。

译（汉）：若真如此当然好，只怕不是就糟糕；
　　　　　若真如此当然妙，要不白见妹妖娆。

答（壮）：但得头依同共家，朝之米喊句话严；
　　　　　弄走江家脚同碰，便你奴严古之笑。

译（汉）：但得跟你共家住，永不恶言对待你；
　　　　　厅堂跨步如相碰，你若气恼我笑之。

问（壮）：嘴你讲话翠象葱，美老内森叶之奶；
　　　　米所达晒米达晒，怕侬外才罗二土。

译（汉）：听你讲话翠如葱，山上树叶头也躬；
　　　　不知是真还是假，怕你言行不相同。

答（壮）：二土讲真还讲真，米头卜你讲外才；
　　　　土讲达晒之达晒，你用托奶物侬论。

译（汉）：我俩讲真就讲真，从不假言去哄人；
　　　　我俩讲真不讲假，好言劝你莫伤心。

问（壮）：奶农达到百当老，侬可妈毛之下雷；
　　　　奶层斗助可想丕，买你千齐能利刀。

译（汉）：家婆来接到大门，妹背雨帽随后跟；
　　　　未有人接就想去，难道你还不起程？

答（壮）：卜媒上家问来嘍，土宜全看米后巴；
　　　　前世婚姻物侬沙，尼叟同找自同遇。

译（汉）：媒人说媒无数遍，咱看一个不顺眼；
　　　　我俩姻缘前世定，不偏不倚到眼前。

问（壮）：奶你斗助你侬最，你甩得袋可年后；
　　　　奶侬助依之利天，侬可丕到之后宿？

译（汉）：家婆来接你阿妹，妹便拧包跟后随？
　　　　到家时间都还早，到便入房把夫陪！

答（壮）：答古头古可同后，看来你口之弄眼；
　　　　奶答助答记丕马，古利内田近要菜。

译（汉）：我与我姐生同面，可能你是看走眼；
　　　　姐姐家婆接她时，我都还在地里边。

问（壮）：你奴你侬米过河，国色丁挖你又湿；
　　　　你奴你侬层妹人，国色丁发你又雍？

译（汉）：妹讲阿妹不过河，为何水湿到裤脚？
　　　　妹说未到夫家去，为何发根乱一窝！

答（壮）：却到处雷丕找你，汗之全湿到丁挖；
　　　　找你米碰牙好恨，雷肯雷拉发之蓬。

译（汉）：只为找你跑匆匆，汗水湿到裤脚筒；
　　　　找不见你真可恨，风吹头发乱蓬蓬。

问（壮）：克侬写字乙肯台，侬做卡鞋丕排生；
　　　　米成句话一同问，丁拉同碰可自笑。

译（汉）：妹郎拿笔台上写，妹订布鞋一边瞧；
　　　　虽无言语来相问，脚碰脚来暗发笑。

答（壮）：宜月鸟华兼子规，转刀转丕米成夫；
　　　　肯台写字物侬酉，近之姐夫米青克。

译（汉）：二月鹧鸪子规忙，鹧鸪子规不是双；
　　　　台上写字妹去看，那是姐夫不是郎。

第二节　传统情歌（壮族）

今早起来身欠佳，头上发昏脚发麻；
妹你托话哥就到，千里来看月季花。

昨夜做梦讲梦话，哥讲围园种篱笆；
妹讲不给猪来吃，一条藤上两只瓜。

我俩连情连到家，人讲闲话不管他；
闲话越多名越大，大名鼎鼎并蒂花。

打开天窗说亮话，我俩有情不怕抓；
别人越抓越相好，糯饭越抓越相粑。

哥妹交情不犯法，莫要索绹又来拉；
拉去游村平排走，游完村子就成家。

妹讲不怕就不怕，我俩牵手进官家；
官喊三声就下跪，只跪情哥不跪他。

妹今有颗眼中沙，情哥用嘴来吹它；
泪水冲得沙子出，两眼笑成两朵花。

妹脸生来有酒窝，装酒得少装泪多；
装酒因为无人喝，装泪因为夜想哥。

刺蓬上面晒绫罗，连妹不怕多折磨；
上山要骑老虎背，下海要搞龙王角。

索捆小偷被打脱，哥又不是去偷摸；
哥是进园去看妹，别人离乱加害哥。

云杉爱在悬崖长，霜雪越打杆越粗；
蕉子移到天井种，老到千年不分梳。

挑水码头打烂桶，妹捡桶板哥捡箍；
只有桶烂箍不烂，只有河枯情不枯。

山伯死在路边等，英台下轿念当初；
树上斑鸠咕咕叫，生也不服死不服。

红豆移同蓝靛种，染成布条为相思；
托话报哥哥不到，神仙妙药也难医。

生不离来死不离，死了我俩共堆泥；
三月清明共插柳，七月十四共烧衣。

生不离来死不离，生死同哥共块石；
爹娘捧饭坟前哭，两个阴间装不知。

月亮出来照过街，哥行千里为英台；
山上乌藤攀大树，生同叶子死同柴。

一见情妹坐下来，同哥讲笑得心开；
笑神笑鬼笑丑怪，哪怕走上断头台。

生时我俩坐平排，死后我俩共灵牌；
灵牌上面共八字，灵牌下面花又开。

生时我俩同屋住，死后我俩共门牌；
阎王来查妹户口，哥妹名字是一排。

口渴就喝江边水，几时等得热茶来；
哥要采花门前有，几时等得芙蓉开。

大海中间把树栽，十年才见桂花开；
先开一朵梁山伯，再开一朵祝英台。

骑马行船三分命，有心不怕断头鬼；
蚂蟥搭上水鸡脚，生死与你一齐飞。

看到好酒莫贪杯，世事都在靠人为；
变鱼我俩同江水，变鸟我俩比翼飞。

哥不送、哥不送，哥你不送妹也回；
回到路上激气死，等哥过路看坟堆。

三尺绫罗缝床被，盖妹盖哥不到头；
蜡烛点灯不过夜，还要上街买灯油。

桅杆上面打筋斗，舍得头破与血流；
别人要讲由他讲，水泡廊檐慢开沟。

韭菜逢春你砍头，不到三天叶又稠；
麦子上场随你打，打了麦子芽又抽。

一对水鸟在沙洲，同心合意到白头；
上街买张铁靠椅，我俩稳当坐千秋。

情深意厚到白头，路塌桥断要常修；
要学长江长流水，不断波浪万古流。

打鬼不怕鬼会叫，打狗不怕狗身骚；
不得嫁哥妹吃素，谁人不讲妹清高。

妹是檀香哥是火，檀香爱同火来烧；
煮饭我俩共只灶，吃酒我俩同个槽。

我俩好、我俩好，我俩生来一般高；
金竹千年不变节，银杉万代不弯腰。

虎皮哥剥当鼓敲，月桂哥砍做柴烧；
天崩还有哥来顶，不给妹你坐监牢。

隔河看见一花苗，正想过河又无桥；
只要情妹合哥意，同心合意水就消。

打铁不怕火星烧，有心不怕杀人刀；
有心连妹不怕死，怕死不同妹相交。

讲直不过墨斗线，讲利不过尖嘴刀；
讲好不过哥同妹，牵手走过奈何桥。

有情有义才相交，我俩唱歌上九霄；
哥敢唱到阎王殿，妹能唱到奈何桥。

想起当初我俩连，低头擦泪年复年；
爹娘不愿我俩愿，榄子不甜我俩甜。
生要连来死要连，不怕刀枪等眼前；
不怕石头磨刀等，不怕枪口有火烟。
命带八败哥也爱，命带九灾妹也连；
初一连到十五死，也要成双十多天。
生要连来死要连，生死不离妹身边：
妹若死了变菩萨，哥变香炉摆眼前。
连就连来连就连，不怕刀枪在眼前；
顶多不吃人间米，我俩牵手上青天。
唱歌碰到好歌伴，要想成双也不难；
玉石可裂不可卷，钢刀能断不能弯。
悬崖石壁种牡丹，因为想花不怕难；
因为爱花不怕死，为花死了心也甘。
出门看见红牡丹，条条金藤把花缠；
金藤缠到牡丹树，牡丹不死藤不干。
怕死不走乌江渡，怕深不下藕丝塘；
泥到膝盖水到颈，为花死了名也香。
见妹苗条哥心软，见妹贤惠哥心狂；
竹壳做船纸做桨，同妹撑过太平洋。
东边不亮西边亮，黑了南方有北方；
雨伞烂了骨架在，总有一天出太阳。
妹鸳鸯、妹鸳鸯，想妹想到哥心伤；
手拿麻绳来吊颈，有人来救转回阳。
杉木剥皮是光棍，不怕衙门有刀枪；
老虎背上打筋斗，生死我俩要成双。
蝴蝶跌死为花香，猴子跌死为瓜黄；
哥为情意跌死了，阴魂仍在妹身旁。
画山画水画成龙，哥讲心事妹听从；
妹要肋骨哥愿给，任你摇看哪根松。

高山点灯不怕风，大海撑船不怕龙；
有心连情不怕死，天条再硬妹摇松。

昨夜挨打打得狠，十根藤条断九根；
十根藤条九根断，疼死不怨哥一声。

妹痴心、妹痴心，肋骨打断十二根；
肋骨打断筋还在，擦干泪水又来跟。

风吹马尾千条线，日照龙鳞万点金；
蔑织灯笼千只眼，哥是蜡烛一条心。

定就定、定就定，前朝难定后朝臣；
虾公难定滩头水，哥今难定妹的心。

妹送盖灯挂哥厅，屋窄黑夜有光明；
铁打灯草来点火，千年不换这条心（芯）。

天旱三年吃谷本，准备吃完田不耕；
准备吃完田不种，同妹牵手去游村。

哥想上天妹也跟，白云当油月当灯；
只要脚跟站得稳，不怕大水淹天门。

情歌有心妹有心，不怕州官下毒刑；
砍掉脑壳还有颈，打断骨头还有筋。

三月芥菜妹有心，荣华富贵当泥尘；
无屋我俩山林住，无布木叶来遮身。

打铁不怕火烧身，连情不怕受毒刑；
要学苋菜红到老，莫学花椒黑了心。

不怕死、不怕死，怕死不做风流人；
又不杀人不放火，拿到官厅罪也轻。

冲墙无瓦妹不惊，我俩下海捡龙鳞；
不怕龙生八个角，不怕海水万丈深。

筑墙无瓦哥不惊，我俩下海捡龙鳞；
捡得龙鳞当瓦盖，四海传扬我俩人。

妹真心、妹真心，妹心好比江水平；
出门不怕人乱讲，天下刀子心不惊。

下海不怕海水深，不怕大鱼来咬人；

不怕大鱼生尖嘴，不怕鱼牙象铁钉。

备注：以上是广西河池环江县中州情歌，其中第二节的《传统情歌（壮族）》为三同革力居士收集。

——以上摘自《中州放歌——环江县民俗婚宴喜庆传统山歌》（环江毛南族自治县中州山歌协会编．中州放歌——环江县民俗婚宴喜庆传统山歌．内部刊物，2013年总第2期）

第三节 谢庆良情歌节选 (壮族)

1

男：八月十五是中秋，单身来耍望月楼。

　　三十过头无双伴，出门唱歌解忧愁。

女：恁好日头恁好天，恁好码头无渡船。

　　恁好靓哥没有嫂，想来也是蛮可怜。

男：人到三十无双念，夜夜出门访姻缘。

　　蚊虫又咬狗又叫，有双就靠妹来连。

女：对河看见花芬芳，渡口有船无人撑。

　　哥的姻缘未成到，想断肝肠白挨疼。

男：修桥补路哥做过，哪点阴功修不合。

　　人家连大又连小，我连一个都打脱。

女：早不讲，　　　　门口大田早不犁。

　　早年发媒来问妹，如今仔女都读书。

男：隔河闻见好花香，想妹怕妹定有双。

　　不敢发媒支问妹，苦守寒舍受凄凉。

女：当初妹子十八岁，两个脸蛋红绯绯。

　　走路好比风吹柳，想哥不见哥发媒。

男：当初妹子十七八，哥想发媒去妹家。

怕妹嫌弃哥穷苦，漏底沙锅懒得涮。

女：七尺汉子小胆鬼，未成发媒先自卑。

　　不敢撑船来拢岸，莫怪漂泊受风吹。

男：十七十八哥骗鸡，二七二八厚脸皮。

　　今日得妹好话语，口吃清水甜比蜜。

女：恁粗甘蔗才榨糖，恁大情哥才念双。

　　若是当年早念点，再过几年有奶当。

男：当年哥是地主仔，姑娘见我总躲开。

　　改革开放换时代，才敢来攀桂花台。

女：当年阿哥十七八，论起人才顶呱呱。

　　好比树上仙桃果，哪个猴子不想爬。

男：当年哥家成分高，谁愿来架这渡桥。

　　明知苦海谁敢跳，谁敢拿头来碰刀。

女：当年阿哥种苦瓜，妹种苦楝才发芽。

　　苦瓜苦苦有人煮，苦楝苦苦无人爬。

男：苦胆拿来泡黄连，哥是有苦口难言。

　　当年哥是缺粮户，又缺吃来又缺穿。

女：讲苦妹还苦在前，家中煮菜没油盐。

　　省点口粮上街卖，勒紧裤带买衣穿。

男：苦楝脚下种苦竹，哥比老妹苦得多。

　　当年还吃集体饭，半年不见四两肉。

女：哥讲哥苦妹也信，妹也讲苦给哥听。

　　记得当年大集体，每人口粮三百斤。

男：想起当年好难过，口粮不够煮粥喝。

　　一天小便五六次，队长讲我屎尿多。

女：想那当年搞双抢，又收谷来又插秧。

　　人口多来劳力少，一夜加班到天光。

男：当年不走承包路，丰收全靠雨水足。

　　收得粮食交粮所，口粮还掺二斗谷。

女：当年土地未承包，劳动一天两三毛。

常规品种产量低，种田的人杨白劳。

男：当年集体过生活，天天开会喊节约。

　　肚子饿得咕咕叫，哪有心思找老婆。

女：春风送雨暖神州，分田承包有搞头。

　　放开思想搞经济，生活步步登高楼。

男：土地承包人勤奋，自己田地自己耕。

　　三天不做工夫在，不再有人扣工分。

女：忙时在家搞种养，闲时进城搞经商。

　　分田到户实在好，又有钱来又有粮。

男：政策开放利农家，致富门路得开发。

　　从前放牛黄土岭，如今挖出金娃娃。

女：村村寨寨办企业，农夫变成财神爷。

　　又种果来又种蔗，千家万户买汽车。

男：政府扶贫穷山寨，高压电杆进山排。

　　织女约会嫌路远，银河搬到峒场来。

女：又砌水柜又打井，政府集资来扶贫。

　　龙头搬到村头放，天旱用水不操心。

男：如今西部大开发，公路开到山旮旯。

　　乘龙汽车排排走，超车不用打喇叭。

女：当年苦艾来围园，如今苦海变桑园。

　　政策开放哥富了，银行存有大把钱。

男：老妹嘴巴像气筒，吹得阿哥像富翁。

　　哥才是条南蛇仔，妹莫画我像条龙。

女：哥的心胸更狭窄，有钱怕跟妹漏白。

　　如今存款利息小，借钱给妹得不得。

男：手拿算盘敲乘除，借钱给妹免利息。

　　哪天阿哥也借妹，借妹双手帮洗衣。

女：借钱一万还一万，借酒一坛是一坛。

　　机器磨损换零件，借妹磨损谁来还。

男：人家借米还老糖，哥借粗盐还白糖。

今天借妹借一个，还给妹娘还一双。

女：人多面前哥装傻，借得项鸡还麻雀。

　　借妹妹是红花女，还来还个带仔婆。

男：人借一个还一个，我借一个还一窝。

　　假若妹娘嫌亏本，连母带仔留给哥。

女：哥的算盘坏透顶，计谋胜过狐狸精。

　　当初用妹做保姆，用来用去成夫人。

男：科技兴农哥变富，一日三餐有酒肉。

　　彩电冰箱样样有，缺个夫人暖床铺。

女：山路草长用火烧，哥缺夫人妹来包。

　　钱财收支由妹管，千斤重担由哥挑。

男：得妹当家哥不嫌，哥管生产妹管钱。

　　未成交权先交代，肥水莫流外人田。

女：只要哥是好丈夫，老妹包到哥满足。

　　天热帮哥摇扇子，天冷帮哥做火炉。

男：会想还是妹会想，帮哥想短又想长。

　　冷天帮哥做炉火，热天喊哥睡冰箱。

女：妹在后园种苦瓜，靠哥淋水才开花。

　　连情不单妹会想，哥也会想才成家。

男：妹你生来嘴皮薄，又会讲来又会说。

　　未成过门先管我，过门三早管家婆。

女：说哥你莫瞎猜疑，莫拿凤凰当母鸡。

　　妹的箩筐装白米，你莫讲是老糖皮。

男：点灯照见妹人影，难得照见妹良心。

　　初次连妹心难定，莫怪哥打预防针。

女：好酒不怕给哥筛，好布不怕剪刀裁。

　　妹的良心由哥试，房门有锁妹打开。

男：砍根竹子做竹篙，慢慢选来慢慢瞄。

　　因为从前上过当，如今吃水也要嚼。

女：油石磨刀两面光，砍根竹子晒衣裳。

哥也巴望有好伴，妹也巴望有好双。

男：妹也望哥做计划，哥也望妹帮当家。

　　树望开花得结果，葫芦望藤来结瓜。

女：哥靠妹来妹靠哥，卫星上天靠科学。

　　我俩结成同心伴，好比秤杆配秤砣。

男：哥靠妹来妹靠哥，鱼靠水来水靠河。

　　今日我俩成双对，共同过上好生活。

2

女：阳春三月百花开，蜜蜂闻香上花台。

　　怀远今天有歌会，歌友相逢乐开怀。

男：宜州是块风流地，处处都有山歌迷。

　　今天怀远有歌会，金鸡凤凰共山啼。

女：黄獭不鱼过沙滩，金鸡为凤飞过山。

　　今天怀远有喜事，我借机会过来玩。

男：哥妹同起早班车，赶来怀远凑闹热。

　　同唱山歌贺怀远，怀远成立养猪协。

女：新的一年讲养猪，养猪协会喜成立。

　　确保养猪大发展，传授养猪新技术。

男：五谷丰登靠田地，六畜兴旺就养猪。

　　一来能有高收入，二来人人有肉吃。

女：草本发芽靠春雨，农民发展靠养猪。

　　养猪不光收入大，还得肥料种粮食。

男：一斤猪水十几块，现在养猪划得来。

　　有了协会帮指导，转眼可以发大财。

女：农村经济大发展，科学技术要领先。

　　有了协会包指导，养猪包你赚大钱。

男：种树我种千年树，养猪想养母种猪。

　　可惜资金不到位，想找政府帮扶持。

女：目前生猪销路好，你养母猪有钱捞。

　　不光政府给补助，还帮指点猪讨桥。

男：想养母猪赚大钱，怕它不能一窝生。

　　听说妹你有经验，讨桥请你帮打针。

女：你养母猪来致富，政府帮你出技术。

　　自己也要学搞点，一回生来二回熟。

男：母猪我们没养过，见过不比你做多。

　　先请你来做示范，然后自己再操作。

女：总要自己有文化，想学什么得什么。

　　今天我们来教你，明天你又还人家。

男：我们两边来合伙，致富路上搞合作。

　　哥起猪圈养猪母，妹你就包养猪哥。

女：恁老未曾听人讲，哪个女人养猪郎。

　　就准有点小钱赚，人家也笑你癫疯。

男：望你做媒牵红线，东西南北结姻缘。

　　人家新郎挨彩礼，你家新郎反得钱。

第二编　都安瑶族情歌选录

第一节　珠洒露（瑶族）

　　《珠洒露》和《撒旺》都是瑶语音译的歌名，是同一歌体的情歌，因吟唱的场合不同而歌名各异。在劳动中或同行的路上低声细说，吐露私情的歌曲叫"珠洒露"。

　　男：远山的巧乖①吡，请飞到苍翠的画眉林，

---

　　①　巧乖，瑶语，即雌画眉鸟。

密①造的春山又绿了，怎么听不到你的歌声？

远地的斑鸠吮，请飞到热闹的珍珠岭，

密造的金桥今还在，为何不来的堆结成群？

勤劳的蜜蜂吮，绿树有意花有情，

密种的花儿又飘香了，你怎不飞来花上停？

年头鸣唱的金蝉吮，年尾还留下你的歌声，

请你露笑容陪花朵，请你装欢乐还山林，

可爱的芝巧帮②吮——，我们曾相会在莲花塘，

我们曾相识在凤凰岭，两只鱼儿同一池，

两只凤凰同一林，如果你有金子般的心，

请用欢乐的歌声，来温暖我这冰凉的心。

女：我们是两山的画眉，曾相逢在浓绿的树枝，

泉水留下我们的身影，青山响着我们的木叶声；

我们是两地的古蜂，曾相碰在花蕊里，

共采过香香的花，同酿过甜甜的蜜；

我们是两地的鹧鸪，曾相会在金色的梯地，

一粒竹豆分做两，一颗小米各半粒；

我们是两地的彩蝶，曾相遇在碧绿的沙坡树上，

留下舞姿给春天，留下欢乐给花枝。

香狸吃了桄榔果，从不忘记果树；

蜜蜂采了格鲁苏③的花，从不亏待花枝。

那时你不会唱歌，我教你懂得了洒密④。

喝水后你忘了源头，学懂了你把我抛弃；

烧柴后你忘了山林，学会了你把我忘记。

两苑葱蒜分了园，两棵芥菜隔了篱，

两只画眉各个笼，两个果子各条枝。

---

① 密，是创世始母密洛陀的简称。

② 芝巧帮，瑶语，即打同年的情妹。

③ 格鲁苏，地名，是种花果的仙境。

④ 洒密，瑶语，即密洛陀的歌。

男：可爱的芝巧帮吧，天上月缺还有圆，

我们是同月生在世上，我们是同年长在人间，

来世五代难比这一次，来生十代难比这一天。

我不忘记亲人，我不亏待厚友，

可是山遥水又远，路险山又高，

五月没有一次相会，十月没有一天相见。

两只鹞鹰住两山，两只虾公游两泉，

两颗星星各照夜，两把弓弩各根弦。

望花再把蜂蝶引，望桥再把道路迁。

芝桂芝桃①在一起，话也甜来歌也甜。

重新打扮就在这时候，重新打扮也在这一天。

交友就在这时候，连友也在这一天。

女：那时候啊，早出蜜蜂跟着我，晚归蝴蝶跟着你。

田边地角的一土一石，处处留下我们的足迹；

山里山外的一草一木，根根种下我们的情语。

翠鸟吃了鱼，从不忘记江河；

野鸭吃了虾，从不忘记山泉。

那时你不会下地，我教你懂得赶牛扶犁。

过桥后你丢了拐棍，学会了你把我远离；

过河后你拆了桥，学懂了你把我忘记。

以前我们唱相同的歌，讲一样的话；

早出同走一条路，晚归同跨一座桥。

我春织锦带冬缝衣，针针线线绣情意。

穿了我箱子里的新衣，你忘了当初的深情；

系了我柜子中的彩带，你忘了那时的厚意。

本来相亲应该到白头，本来相爱应该永不离；

相亲应像江水那样长流，相爱应像高山那样屹立。

---

① 芝桂芝桃，瑶语，即男女青年。

可是呢，羊肚肠子看见过，人心肝胆有谁知？

是地魔把你的心偷去！是水妖把你的心灌迷！

青藤另缠树，花儿移了枝。

你忘了过去的深情，把快乐变成了悲凄；

你忘以前的厚意，使欢笑化成了泪滴！

记不记那泉边的甜言？水影同把笑脸照，

如果还没有全忘记，请你摘朵残花给流水；

记不记得那月下的蜜语？香花共把心熏迷，

如果还有点记忆，请你倒杯凉水送花枝。

男：风吹麻叶满坡翻，翻白也翻蓝。

雨不能常年浇土，雾不会永久遮山；

河水有落也有涨，山泉有时也会干。

秋燕不会忘记旧屋，蜜蜂不会忘记花瓣；

鱼游春水会回湒①，虎下平地会归山。可是呵，

世上有十二行②情，你一杯美酒吔，应敬三人五人；

人间有十二行友，你一张好烟吔，应分作七张八片；

既然你的肺是三叶五瓣③，你的肝是七瓣九叶；

太阳送得金种来，任你种在哪座山；

月亮送了金丝到，随你住哪枝上攀。

啊！从来人情薄过纸，难包火子上高山。

心爱的芝巧帮嘞，有树不怕没飞鸟，麻雀飞走凤凰站。

女：竹节做的巴其④吔，莫来骗痴心的画眉；

山外的野蜂子吔，别来哄山里的花枝。

莫拿一个果，去骗两只猴；

---

① 湒，即深谭。
② 十二行，指相当多的数字。
③ 三叶五瓣，指多心的意思。
④ 巴其，瑶语，是仿画眉鸟叫的鸟哨。

别把一粒米，去哄两只鸡。

如果早知有今日，以前何必费心机？

我拿自家的犁，去翻人家的地；

我拿自己的鞍，去配人家的马；

错拿自己的线，去逢他人的衣；

错拿自己的白米，去喂别人的金鸡。

金鸡给人拿去了，留个空笼挂枯枝。

上有无边的蓝天，下有无垠的大地；

给天洒一把泪水，给地挥一把酸涕。

扯根头发分两半，断只玉镯两分离；

以前我们是一树的斑鸠，如今不是一山的画眉；

过去我们是一岭的鹧鸪，现在不是一坡的锦鸡。

从此吧！斑鸠各自踞一树，画眉各自栖一枝；

斑鸠各自叫，锦鸡各自啼。

请把我酸辛的泪滴，洒在你的婚礼服，

我一生不再嫁人了，只给你年年来回忆；

我是太悲伤了，只给你月月酿甜蜜，

让漫漫的长夜，连着朗朗的白日；

使友情在夜里磨灭，让恩爱在日里消逝。

分手就在这一天，分袂就在这一时；

有银难买心和命，有金难买情和意。

有树叶不要挂住歌声，有花草不再粘住话语。

离去吧！日后赶街不同路，往后走亲不同桥；

砍柴不共一座山，耕种不在一块地；

不再围一张桌子谈话了，不再坐一条板凳唱歌了。

该带走的都带走吧！该拿去的你都拿去。

这些东西吧，会变成剜心的钝刀；

这些情物吧，会变成割肝的利锯。

留下的是痛苦，留下的是清凄。

今后燕鹊各自飞，只怕梦魂又相遇。

篱笆还有木桩靠，树叶还有枝丫依。

别人成家立业，我有什么可靠？

人家生男育女，我有什么可依？

今后柴水望谁挑，他日白骨有谁拾？

到那一天呵，四块木板盖风流，一抔黄土埋笑语。

早晨的露水，是我的泪珠；

黄昏的流云，是我的彩衣；

冬天的冷雨，是我的"撒旺"①；

秋夜的西风，是我在哭泣。

我望你呵我求你，三月清明你应记得，九月重阳你莫忘记。

不需车载的香仪，不用马驮的祭礼；

请在我的孤坟上，挂一张纸旗；

给情魂安慰，给卦登②供祭。

情话已说了一千言，别语已讲了一万句；

换把酸泪两分离，你走东去我走西。

多情的芝托帮③吼！请转身来再说一句，

你走亲去会亲友，你赶街去结情义；

攀桃下李该小心，跨山过水须留意；

走坡提防毒蛇咬，过寨莫让狗撕衣。

哝吧！不少事情多无情，好比做梦无痕迹。

天呀天，地呀地，肝裂肠断有谁知？

呵咧！秋风起吧，白云飘天际；

木叶落吧——蓝雁南归去。

备注：1983年采录于都安下坳。

演唱者：蒙翠竹，瑶族，女，时年65岁，广西都安下坳人，歌手。

搜集翻译整理者：蓝汉东，瑶族，男，都安文化局创作员。蒙冠雄，
瑶族，男，都安文化馆干部。

---

① 撒旺，瑶族的一种情歌。
② 卦登，瑶语，即青年而多情的女鬼。
③ 芝托帮，瑶语，即打同年的情哥。

第二节　望郎歌 （瑶族）

瑶族男女在谈情说爱的恋爱过程中，经常来往。但订婚后，男方不到女方家去，以示尊重。直到将要结婚时男方才跟媒人给女方家送去身价钱。在这段时间（约一年）里，订婚的男女互相思念，每天都有一样物品作为标记。旧社会瑶族青年绝大多数都是抽烟的，一般都以卷烟作为纪念品。一天卷一小节生烟放在锦袋里，表示：一年三百六十五日，不曾忘记过一时。待到双方相会时，双方就交换纪念品，以示爱情的纯真。因此，《望郎歌》俗称"路边歌"，就在这青年男女日日夜夜的思念中流传下来。

> 三岁不懂得相亲，九岁不知道相爱。
>
> 同把山雀套，同把山花采。
>
> 割草在一起，捡柴在一起。
>
> 你像只小燕飞来，又像只小鱼游去。
>
> 懂得相亲了，知道相爱了，
>
> 你去了呐！像鸟入林不归来。
>
> 我早也盼，晚也望，几时天黑落进怀？
>
> 像一只画眉，像一只巧乖；
>
> 几时在花坡上相会？几时在绿树间同飞？
>
> 像两只蜜蜂，像一对彩蝶；
>
> 哪月同在春天里采花？哪年同在花丛间游玩？
>
> 亲戚的路把我们连，表辈的线把我们串；
>
> 一人得果两人甜，一颗芝麻各半边。
>
> 花开又一载，花落又一年；
>
> 马仔会上府，牛仔拉得犁。
>
> 种了玉米又种树，点了油麻把花栽。
>
> 我说种了桄榔香狸恋，你讲栽了金菜蜂来采。
>
> 银的烟斗你收下，玉的手镯藏在怀。①
>
> 一对柑子共一枝，竹竿打下又分开。

---

① 此句指男女互送定情物，男送手镯，女送烟斗。

日也盼，夜也盼，不见人来见花台。

清晨出门捡金菜，我问金花几时开？

春来山花开，蜜蜂把花采。

早起割草上山坳，人们双双去赶街。

千人来，万人往，手扶丹桂望郎来。

扛伞的人过去了，拿秤的人已回来。

我在路边等又等，我在坳口望又望。

等着情郎还未到，多少话语涌心怀：

"妹成粪土哥不丢，哥成叫花妹也爱……"

夜色笼罩了山野，黄昏降临了村寨。

山口树枝摇，是不是情郎来？

飞鸟纷纷投林了，小妹①慢慢露出脸来。

前人春夜梦落花，我梦花未开。

早也盼，晚也望，香烟卷了百二支，香袋等郎开。

春到花飞扬，早起忙梳妆。

人人打伞盘山过，双双对对同歌场。

千人来，万人往，手攀古罗②望情郎；

我在路边等又等，我在山口望又望；

等着情郎还未到，不见情郎心忧伤。

鸡鸭已成帮入窝，牛羊已成群下山；

山间"撒旺"③声已断，成双成对散了场；

骑马的人已归去，乘船的人已还乡。

我在路口等又等，我在山口望又望；

望断云山郎未到，多少话儿涌心房：

"六十不死不忘林，百岁死去不忘郎……"

星星已经走去了，月亮已经下山岗。

---

① 小妹，传说是密洛陀最小的女儿，住在月亮里。
② 古罗，树名，春天开洁白的喇叭花，可吃。
③ 撒旺，情歌名称。

鸡啼三遍又五遍，我在梦里见情郎；

一片烟叶一层情，何时交给郎？

夏去百花谢，落叶满竹楼。

八月仙山多热闹，男男女女把仙求。

木叶声声动心头，倚门倚篱等情友。

带花的人过去了，烧香的人已回头。

人求功名和钱财，我求成双度春秋。

我在路边等又等，我在山口望又望；

等着情郎还未到，等着情友心忧愁。

山山寨寨一片静，盏盏灯火照竹楼。

我等情郎等不到，往日话儿涌心头：

"结成丝罗永不丢，旧了留下垫枕头。"

山茫茫，水悠悠，情郎可知我忧愁？

早也盼，晚也望，扯片烟叶放香袋，留给情郎抽。

星子围着月亮转，暑去寒来又一年。

丰年人家办喜酒，八仙铜鼓响连天。

乡人纷纷去贺喜，我等情郎意绵绵。

去探亲的已回家，做生意的已回来。

我在路边等又等，我在山口望又望；

望断山，望断水，望断绿树满天涯。

天际白云边，飘来朵彩霞。

绿树吧，不要遮住山路，

山雾吧，不要盖住山崖。

我的心吧，要蹦出了怀，已乐开了花。

备注：1983年采录于广西都安七百弄。

演唱者：农村歌手。

搜集翻译整理者：蓝正禄，瑶族，男，小学教师。

蒙冠雄，瑶族，男，都安文化馆干部。

第三节　引唱歌 (瑶族)

瑶族青年男女对歌前，先由人引唱。瑶族民间称为"引唱歌"。

哇儿鲜提讷尼①，

是鹰哪有不想松枝，

是鹘哪有不恋山崖；

是弩哪有不恋箭，

是刀哪有不爱鞘。

撑着金纸伞的姐妹啊，

戴着金竹帽的弟兄，

如果你的嘴甜如蜜，

怎不唱一支溢蜜的"撒露"②，

道出你所识的十二路朋友；

如果你的歌喉亮如金，

怎不唱一曲流金的"分托"③？

说出你所会的百二条道理，

尼叽叽④——

哇儿鲜提讷尼——

谁不爱早春二月？

谁不爱阳春三月？

谁不爱早春二月飞的蜂？

谁不爱阳春三月开的花？

像蜂一样的小伙子啊！

怎不唱一支甜蜜的"撒露"？

像火塘边的金凳生情。

---

① 尼，瑶语，没有实在的意思。

② "撒露"，瑶族情歌中的一种。

③ 分托，瑶族情歌中的一种。

④ 尼叽叽，感叹词，没有实在的意思。

怎不唱一曲美好的"分托"?

给火塘边的银椅生谊。

尼而而——

哇儿鲜提讷尼——

谁愿让蜂白老?

谁愿让花白谢?

哪只蜂愿虚度过早春二月?

哪朵花愿虚度过阳春三月?

像蜂一样的小伙哟,

怎不趁着这早春二月,

用你的"撒露"来唤醒这沉闷的情凳,

让情凳也随着春风快乐。

如花一样的姑娘哟,

怎不趁着这阳春三月,

用你的"分托"来唤醒这忧郁的谊椅。

让谊椅也伴着春雨欢愉。

儿而叽——

哇儿鲜提讷尼——

撑着金纸伞的姐妹啊!

戴着金竹帽的弟兄,

请允许我用"撒露"劝一声:

不管你们是同巢的蜂还是不同巢的蜂,

同枝的花还是不同枝的花;

谁晓得五声"撒露"也唱,

谁会十声"分托"也唱。

让甘兰州①的枇杷越唱越甜,

---

① 甘兰州,传说中瑶族第一代祖先定居的地方。

让火塘里的火越烧越旺。

备注：1987年4月21日采写于七百弄。

演唱者：蓝永红，瑶族，男，时年35岁，歌手，广西都安七百弄小学教师。

搜集翻译者：蒙松毅，瑶族，男，时年21岁，广西都安县大兴乡古朝小学教师。

第四节　情歌十首（瑶族）

1.但得丈夫好模样

不怕山高，不怕流水长；
妹不求什么，但得丈夫好模样。

2.能和你成双么妹

松鼠成对跑上树枝，锦鸡成双飞进草丛；
松鼠锦鸡成双成对，我能和你成亲么妹？

3.别负了我俩情意

重就重成石头，不要轻似棉絮；
用心啊老表，别负了我俩情意。

4.初会（男女对唱）

女：山高高，路漫长，山路走来商人①样；

---

①　商人，瑶族情歌中把小伙子称为商人。

妹借山歌问一句：商人来自哪一方？

男：不怕高山高，不怕山路长；
　　阿哥住在金沙滩，特来此地寻绸缎①。

5.妹像一枝花

妹像一枝花，悄悄开在树枝；
我是一只蜜蜂，千里跑来采蜜。

6.叫妹思念得心憔悴

星去星有归，月去月还回；
哥去不再来咂，叫妹思念得心憔悴。

7.永得与妹连

高不过鹰鹞栖息的山头，
美不过山头飘扬的云朵；
我爬上那山头取来那云朵哟，
去换阿妹的笑脸。

8.望月歌②

几朵白云啊，
飘过我心头；

---

① 绸缎，瑶族情歌中把姑娘称为绸缎。
② 瑶族姑娘思念那外出求学的情人时，就唱起望月歌，表达她的祝福之意和思念之情。

我那心爱的情哥哥哟，
可攀上月桂的枝头？
我的那个情哥哥吧，
可想到这遥远的木楼？
在这洒满月光的夜啊，
相思的泪滴落在我的心头。

9.我是一只画眉鸟

我是一只画眉鸟，
天天挂在你的屋檐；
在这锁闭的金笼里，
消度我青春年华。

10.树藤

你是高山上的一棵树，
在五月的风中亭亭玉立；
我是那树下的一条藤，
快乐地攀上你的腰肢。

我愿有一天啊，
树开花，藤结果，
我们山野中的恩爱，
奏出一支缠绵的乐曲。

备注：1987年采录于都安大兴乡古朝村。

演唱者：韦风英，瑶族，时年59岁。

搜集者：蒙松毅，瑶族，男，时年21岁，广西都安县大兴乡古朝小学老师。

——以上摘自《都安歌谣集》（都安歌谣集.黄启光.韦翰翔.都安歌谣集.南宁市开源彩色印刷有限公司）

第三编　都安壮族情歌选录

第一节　追妹歌（壮族）

蓝天那朵彩云霞，轻轻飞落到壮家；
远方飘来红歌女，三月三里人人夸。

壮家处处是春装，阿妹好比玉兰香；
哪天你去风头唱，十里风吹百里香。

昨天坐到妹身边，回家老是睡不甜；
好比热锅煎鱼仔，翻来覆去尽失眠。

燕子飞高又飞低，嘴里花朵含一枝；
花枝落在哥园里，从此想妹甜蜜蜜。

莲藕有节又有孔，好像又通又不通；
哥猜妹妹留花信，暗示愚哥去打通。

燕子秋来往南飞，千言万语叫不回；
好似滩头放鸭仔，只有漂去不能回。

叫不回来叫不回，穿起鞋袜马上追；
一心追到妹家去，一人追去双人回。

真情不怕路途遥，真情不怕火来烧；
千里行程作一里，十天路途改半朝。

追妹累来追妹晕，龙肉送饭也难吞；
一路去来一路问，不知阿妹在哪村。

高山有路不通天，低河有水难通田；
花针无耳难穿线，何处才通妹花园。

一路想妹一路来，一路挑花一路栽；
栽花到妹家园去，满路栽花迎妹来。

对山唱歌山答应，对水唱歌水和音；
一路追来一路唱，不见阿妹回个音。

走了一坳又一坳，过了一桥又一桥；
一路过来不见庙，手拿檀香无处烧。

这里不知什么路，稔子开花落地铺；
可惜不见妹踪影，人和花儿一起哭。

我走西来你走东，哥骑狮子妹骑龙；
狮子上山龙下海，何时才和妹相逢。

追来追去不见人，太阳落山鸟归林；
鸟儿归巢成双对，哥今夜路一个人。

连夜跑来连夜漂，踩对老虎也当猫；
老虎老虎别咬我，你想山羊我想姣。

抬头见月像白莲，转来转去在天边；
转来转去在山顶，什么时候下人间。

辞了星月迎天光，踏过露水接骄阳；
星辰日月天天转，前程还是路茫茫。

明知葫芦装糯饭，装进容易倒出难；
难就难来难谁怕，不见阿妹不回还。

独木架桥单又单，只能前去不能弯；
扛竿走过长巷口，死心直去不回还。

托风先把捎个音，寄鸟先去告情人；
带去哥哥情和意，带去哥哥一片心。

六百九元买牛马，九百六元起新家；
剩下一百作路费，手牵阿妹来成家。

备注：此歌流传于都安境内壮族地区。1983年采录。
搜集者：蒙冠雄，瑶族，男，时年45岁，都安文化馆干部。
　　　　覃乃求，壮族，男，时年50岁，县广播站工作人员。

第二节　盟　誓（壮族）

同心合栽含笑花，旁人挑唆莫理他；
只要我俩真心意，把柄不让别人拿。

哥也不听旁人讲，妹也不听人挑唆；
只要墙脚舂得稳，不怕人家冷水泼。

无家我俩岩洞住，无米我俩吃红薯；
要学高山槟榔树，莫学沟边断尾竹。

生不离来死不离，生共板凳死共泥；
三月清明共插柳，七月十四同烧衣。

生也连来死也连，生死不离妹身边；
妹若死了变菩萨，哥变香炉摆面前。

连就连，连就连，不怕刀枪在眼前；
最多不吃人间米，我俩牵手上青天。

高山点灯不怕风，大海撑船不怕龙；
有心连情不怕死，天条再硬妹摇松。

风吹马尾千条线，日照龙鳞万点金；
篾织灯笼千只眼，哥是蜡烛一条心。

妹难离，要等石匠打石鸡；
哪年石鸡会吃米，我俩结交也不离。

妹不离，等到青山树脱皮；
等到海枯龙王死，冷饭爆芽叶不离。

第三节　我俩成双不用媒 (壮族)

我俩喝酒共一杯，我俩成双不用媒；
要个媒人多个嘴，免得旁人说是非。

第四节　问你歌 (壮族)

我问你，问你骑马过船来；
船来绚在哪江口，马来绚在哪条街？

你莫问，船也来到马也来；
船来绚在三江口，马来绚在那边街。

我问你，问你船行是马行；
船来绚在哪江口，马来绚在哪个村？

你莫问，船也成来马也成；
船来绚在山三江口，马来绚在妹的村。

第五节　嫩仔多 (壮族)

以前见妹似花蕾，如今见妹好累堆，
养了一家嫩仔仔，鸡飞狗跳满屋灰。

第六节　对　唱 (壮族)

女：年年三月是歌节，壮家人民喜开颜；
　　四面八方来汇聚，唱起山歌乐无边。
男：唱歌要有对唱和，打鼓就要配响锣；
　　请问乡亲姐妹们，哪个有心就来和。
女：哥讲唱歌就唱歌，哥讲撑船就下河；
　　妹拿竹篙哥拿桨，随哥撑到哪条河。
男：妹有意来哥有心，同盆洗脸共手巾；
　　不信妹看芭蕉树，从头到尾一条心。
女：甜了甜来甜了甜，哥今跌倒妹身边；
　　妹有心来扶哥起，东拜日头西拜天。
男：一条河水清又清，河边都是打鱼人；
　　打鱼不得不收网，恋妹不得不收兵。

女：牡丹开花球对球，鸳鸯结对水中游；
　　三月歌圩寻双对，我向情哥抛绣球。

男：唱得好来答得乖，唱得黄莺张嘴呆；
　　唱得江河同声应，唱得阿哥心花开。

女：莫夸多来莫夸多，阿妹本来爱唱歌；
　　要问山歌有多少，三天三夜唱不落。

备注：录自都安县文化局有关资料。黄智娜收集。

第七节　莫歪理 (壮族)

讲你歪理你最多，好比山中老麻雀，
奸狡麻雀偷了米，会吃谷子会丢壳。

备注：录自都安县文化局有关资料。剑利收集。

第八节　相　思 (壮族)

提起笔来写封信，想妹相思泪淋淋；
两眼泪流拿笔写，为妹操碎几多心。

芭蕉树叶门前摆，妹想阿哥路难来；
日想不成夜思念，泪湿枕头起青苔。

想妹太多人易老，想妹太多眼会蒙；
路边嫩草为霜死，桐子落叶为秋风。

想妹不得天门开，想船不得近水来；
好米不得共锅煮，好花不得共盆栽。

蜜蜂为花飞千里，鸟为食物千里飞；
哥为情妹日夜想，盼会阿妹早心飞，

早晨吃饭打烂碗，中午喝茶打烂杯；
爹娘骂我败家女，怎知阿妹心早碎。

想妹一日当三秋，想尽黄河也断流；
灯草架桥人踩断，为妹哥心挂两头。

月亮不明在空中，石板搭桥过广东；
月亮团圆十四五，同哥团圆在梦中。

第九节　求　情 (壮族)

苦忧忧，哥是屋旁苦楝苑；
哥是后园苦楝树，苦楝结子无人收。

起个凉亭不盖顶，特意留来望天星；
细雨落在亭子里，伤寒咳嗽为谁人。

好鼓不用重槌敲，细细打来听根由；
好妹不用多开口，只要眨眼动眉头。

愿妹死来愿妹生，愿妹死来变男人；
妹变男人哥变女，谅你也试求别人。

哥晒衣裳在门口，天上下雨无人收；
妹是竹竿哥是笋，节节望妹包到头。

水碾碾谷就见米，灯草破皮就见心；
双方都有情有意，我俩甜嘴又甜心。

四月耙田水悠悠，哥一丘来妹一丘，
但愿天上落大雨，冲坏田埂做一丘。

第十节　叹　情（壮族）

夜了天，夜了赶牛去耙田；
见妹走打田边过，黄牛挨打多几鞭。

夜了天，夜了猫仔叫连连；
猫为老鼠踩烂瓦，哥跑烂鞋为同年。

清早出门到妹村，见妹走过藕塘边；
像朵芙蓉水中映，微波涟漪分外鲜。

上树摘花花落水，下河捞花浪又推；
哥人不是桃花命，眼望花去空手回。

第十一节　劝你莫学剪刀样（壮族）

一把剪刀两面光，半边阴来半边阳；
劝哥莫学剪刀样，只有嘴巴无心肠。

第十二节 过围墙（壮族）

妹在园中种牡丹，四周围墙三尺三；
哥想进园同妹种，你敢跳墙也不难。

第十三节 水（壮族）

你是天上一朵云，为何不给我遮荫；
十字街头卖凉水，为何不救口渴人。

第十四节 润禾心（壮族）

天旱久久苗欲死，朝朝渴盼遇甘霖；
不知几时云作美，化作春雨润禾心。

第十五节 赶歌圩（壮族）

三月初三近近来，哥穿妹鞋去赶街；
上街下街有人问，千万莫讲妹做鞋。

三月初三近近来，哥穿妹鞋去赶街；
街头街尾有鞋卖，人鞋不比妹鞋乖。

豆腐不压不成块，竹子不扎不成排；
谷子不碾不成米，山歌不唱妹不来。

新做双鞋白滚边，不长不短正合穿；

妹不量过哥的脚，哪能穿得正自然。

新鞋合脚哥才穿，见妹人好哥才连；
连情不是一时过，石板架桥万万年。

石板架桥石底空，想交情妹莫嫌穷；
不信你看桃花树，桃花无叶也是红。

三月三来三月三，三月桃花开满山；
三月桃花开满地，看花容易采花难。

三月桃花朵朵红，一条江水九条通；
千条鲤鱼游河里，不知哪条变成龙。

桃树开花一点红，妹是鲤鱼哥是龙；
上天一条同江水，连妹志同心又同。

好花红来好花红，好花朵朵半山中；
好花朵朵高山上，四面八方路不通。

隔山听见金鸡叫，隔海听见龙翻身；
隔壁听见哥叹气，问哥叹气为谁人？

上山不知哪条路，下水不知哪块深；
连情不知哪个好，不知哪个好良心。

一条大路白融融，一对鸳鸯在路中；
有缘千里来相会，无缘对面不相逢。

今早出门雨纷纷，满园牡丹把头伸；

满园牡丹哥都爱，不知哪朵愿来跟。

花木逢春朵朵开，情哥有心你就来；
哥你有心落个典，许个媒人纳过来。

唱句山歌给妹听，托妹帮哥做媒人；
托妹帮哥把媒做，问不到人问本身。

半夜挑灯做绣球，包朵好花在中心；
妹拿绣球送歌伴，绣球就是妹媒人。

妹在那边放排排，哥在这边无路踩；
妹你有心开条路，好让情哥踩过来。

高山顶上一块石，石头上边站金鸡；
一只金鸡一只凤，几时才能共笼啼！

鱼在深潭空见影，鸟在深山空闻啼；
牡丹生在人园里，姣娥虽好却难娶。

天塌下来当被盖，妹才不愁那堆柴；
哥你不忧那堆柴，春到园里花自开。

天上落雨细蒙蒙，拿伞逢妹路当中；
心想同妹共把伞，又怕生疏心不同。

好酒不喝沤成醋，腊肉不吃起青苔；
好花生在石岩洞，不见日头怎样开。

妹凿石头通大海，望哥成龙带水来；

妹是旱塘花一朵，望哥拿去水边栽。

来到妹村唱句歌，惊动父老乐呵呵；
惊动老人莫见怪，欢乐留给后生哥。

唱歌要问老人先，老人开口就开言；
老人开口我就唱，也是老人唱在先。

打个哨子惊动山，惊动后园红牡丹；
打个哨子惊动妹，问声阿妹拦不拦。

哥想唱歌近近来，大路有刺我拣开；
大路有刺我拣净，石板架桥等你来。

唱得好来唱得乖，唱得雾云朵朵开；
逗得画眉团团转，引得三姐下凡来。

三月歌圩三月三，几多后生站满山；
歌声传遍山和海，十年八载唱不完。

第十六节　探　情（壮族）

哥：妹家当门一丛坡，别人走少哥走多；
　　铁打草鞋穿破了，没得一句话落脚。
妹：八月十五是中秋，哥买月饼妹给收；
　　九冬十月开来看，月饼生虫妹不丢。
哥：挑水码头步步高，一天见妹两三遭；
　　心想和妹结个伴，石板破鱼难下刀。
妹：码头挑水步步低，一层沙子两层泥；

舍同妹走雪砂路，雪化才见路高低。

哥：哥不瞧，路边花树哥不摇；

　　记得那年摇花树，又打官司又坐牢。

妹：妹不忧，不得同哥妹不愁；

　　不得同哥犁田地，也得同天共日天。

备注：此歌流传于都安安阳镇以及附近乡村，1983年采录。

第十七节　情　歌（壮族）

男：闷连连，唱起山歌解闷先；

　　只有山歌来解闷，哪有山歌卖得钱？

女：有歌不唱留做样，有马不骑坏马鞍；

　　坏了马鞍不要紧，断了歌声好心烦。

男：十七十八正当时，妹不风流到几时？

　　再过两年花老了，黄金难买少年时！

女：好花开，好花不用剪刀裁；

　　妹是梅花香千里，哥是蜜蜂万里来。

男：来路远，棉花纺线来路长；

　　走了好多沙子路，脚板搭皮也会伤。

女：哥但来，大事小事妹挑开；

　　大事小事妹挑起，手板架桥给哥来。

男：高山岭顶起凉台，千湾路远哥难来；

　　几多好话交给妹，花园莫给别人开。

女：妹收心，妹不收心不成人；

　　不信哥看荷包口，荷包收口妹收心。

男：得妹根线哥常念，得妹双鞋哥常来；

　　哥也常来妹常念，常来常念在心肠。

女：哥放心，谅妹不是那等人；

　　不信哥看芭蕉树，从头到尾一条心。

男：正月正，白鸟换毛龙换鳞；

　　皇帝换朝官换印，千祈我俩莫换心。

女：日头落山山背阴，葫芦落水半边沉；

　　情歌有情真到底，没有阳阴哄外人。

男：深呀深，我俩下海捡龙鳞；

　　捡得龙鳞做瓦盖，日头不晒雨不淋。

女：细雨蒙蒙不见天，河水弯弯不见船；

　　少了三天不见林，卜卦不灵又求签。

男：好久不走南山路，茅草开花满地铺；

　　哥今走到十字口，停下脚步念当初。

女：当初也是恩对恩，灯草架桥妹也跟；

　　不知哪个挑唆你，石板架桥妹不跟。

男：妹娇娥，冷冷落落来对哥；

　　说三说四妹不见，叫哥当面破心窝？

女：莫忙走，手拿马鞍莫忙骑；

　　手拿马鞭莫忙打，等妹说话再分离。

男：不望天，鱼下干塘不望生；

　　木桥架桥两头断，永世不望妹来跟。

女：妹另来，后园苦荬①妹另栽；

　　后园苦荬妹另种，今世不得后世来。

男：石榴红，石榴四季在园中；

　　人不风流也过世，草不漂苗也过冬。

女：唱得好，唱歌得耍又得玩；

　　不信你看刘三妹，唱歌得坐鲤鱼岩。

男：妹莫嫌，妹莫嫌，老人也有老人怜；

　　不信妹尝甘蔗看，哪苑多老哪苑甜。

备注：此情歌流传于都安境内红水河沿岸，1987年采录。

---

① 荬，苣荬菜，多年生草本植物，茎叶嫩时可吃，茎草入药。

第十八节　只图情哥好 （壮族）

砍柴要砍平头柴，不图燃火只图乖；
连哥不图哥家有，只图情哥好人才。

砍柴要砍芭芒林，不图燃火只图轻；
连哥不图哥家有，只图情哥好良心。

第十九节　只求梦中见一回 （壮族）

莫望了，水下滩头不望回；
点对蜡烛朝拜天，只求梦中见一回。

第二十节　等哥来 （壮族）

夜了天，夜了江她喊渡船；
渡船师父摆渡，连夜摆妹进花园；

头更人睡妹不睡，二更人回妹不回；
三更还在花园内，受了许多冷风吹！

备注：这组情歌流行于都安东部。1987年采录。

第二十一节　十哭妹郎 （壮族）

1

初一早晨郎走街，新布包头蓝布鞋；

朋友问哥去哪块？哥去花园得病来。

2

初二早晨去看郎，妹郎得病睡牙床；
左手撅开青罗帐，右手摸郎热或凉。

3

初三早晨去看郎，妹郎想吃子鸡汤；
要碗装来人看见，手巾又难包来汤。

4

初四早晨去看郎，妹郎得病入膏肓；
哪个医得妹郎好，头上金钗送一双。

5

初五早晨去看郎，龙船花鼓闹长江；
龙船花鼓妹不看，特意留心去看郎。

6

初六早晨去看郎，妹郎不吃白米汤；
但求妹郎吃一口，妹郎死去心也甘。

7

初七早晨去看郎，将鞭打马进庙堂；

菩萨面前求三卦，卦卦难保少年亡。

8

初八早晨去看郎，郎妹已死放下床；
哭得大声人听见，哭得小声断肝肠。

9

初九早晨去挖井，双脚跪下挖井中；
不挖深来不挖浅，让我妹郎得转身。

10

初十早晨去烧钱，密风细雨烧不燃；
前世哪点修不到，给妹这世无姻缘。

备注：1987年采录于都安百旺乡百旺街。在都安境内的红水河沿岸广为流传。

——以上摘自《都安歌谣集》（都安歌谣集编辑组编．黄启先．韦翰翔．都安歌谣集．南宁市开源彩色印刷有限公司，2010.12）

第四编　广西情歌精彩对唱选录

第一节　出门望见好花开

男：初初来到这条河，人讲河中有鱼多；
　　手拿丝网滩头撒，但撒一网看如何？

女：心想吃鱼就撒网，心想采花就攀枝；

心想连情就开口，你还留心到哪时？

男：望见鲤鱼水里游，姜公马上放钓钩；

　　望见老妹开金口，阿哥马上把妹逗。

女：望见鲤鱼哥放钓，守等岸上两三朝；

　　鲤鱼不吃金钩钓，哥你白白磨菜刀。

男：墙上画马空好耍，纸上画龙空得逢；

　　饭蒸里头蒸腊肉，口里吞痰肚里空。

女：哥拿檀香庙门口，不肯进庙把神求；

　　一来又怕庙有鬼，二来怕鬼把魂勾。

男：蚂蚁起屋在塘边，鳌鱼起屋海中间，

　　哥想偷莲不熟路，望妹带哥走在前。

女：哥想偷藕就动手，哥想连妹把口开；

　　妹的园中有桂树，哥想攀枝就进来。

男：高山岭顶种灯草，灯草移到柳州栽；

　　风吹灯草心不定，妹心不定哥难来。

女：盐碟栽花泥土薄，树高枝断为风多；

　　老妹生来福分浅，空望不能嫁给哥。

男：出门望见好花苑，日想偷来夜想谋；

　　哥想移回园里种，身边少把利锄头。

女：妹是路边一枝梅，无人守管无人围；

　　哥你有心移去种，免在路边受风吹。

男：出门望见好鲜花，望见鲜花难拢边；

　　远远闻到花香味，回家迷醉两三天。

女：妹是路边一苑艾，望哥移去井边栽；

　　哥若有心来照顾，万般心事妹丢开。

男：妹是好花人园里，闻到花香难攀枝；

　　眼见一团糯米饭，眼睛望饱肚中饥。

女：哥不舍，　　　　不舍槟榔不舍烟；

　　不舍移花排藕种，不舍真心和妹连。

男：高山岭顶种薯菜，薯菜攀藤过岭来；

苏杭美女哥不想，只想得配妹乖乖。

女：哥若有心种桂树，挑水淋根暴嫩枝；

和哥开塘种莲藕，总有一天有藕吃。

男：天旱螺蛳爬过岭，为晴（情）才起这条心；

半夜撑排去偷藕，为朵莲花跌死人。

女：哥若有心妹愿跟，下水和哥把排撑；

灯草拿来两头点，巴望和哥共条心。

男：灯草扎排去偷藕，纸扇摇风去偷营；

漂洋过海卖芹菜，为朵鲜花几劳神。

女：日头辣辣晒妹颈，借把花伞来遮阴；

借条手帕来抹汗，借哥英雄暖妹心。

男：老妹生得白皙皙，好比芙蓉花一枝；

好花生在人园里，哥想攀枝又无梯。

女：哥是蛟龙游大海，妹是鲜花岭上开；

哥你若有采花意，老妹开路等哥来。

男：妹是孔明诸葛亮，还望老妹出计谋；

红豆拿来包粽子，哥有相思在里头。

女：想吃嫩笋三月三，想吃鲤鱼放网拦；

哥你想连姣娥妹，马上带妹去漂江。

男：五月初五人包粽，哥的大糯未曾舂；

妹若大舍分两个，千年还记在心中。

女：哥你捞汤捞得肉，老妹捞汤捞得骨；

见哥吃粉排人坐，妹在后背愿赖哭。

男：漂洋过海做生意，四川下来到广西；

千条路远哥为你，妹有好花送一枝。

女：广东过来到广西，滩滩都种有荔枝；

妹想摘个送给你，怕哥以后会偷吃。

男：灯草扎排下大海，一直撑到海中央；

大海茫茫撒谷本，水深不见谷芽长。

女：哥买箩筐来装米，哪舍买箩来装糠？

哥和嫂子恩情重，哪舍出门伴妹玩？

男：不种良田哪有米？不种棉花哪有衣？

　　天不翻云哪有雨？妹不嫁哥哪有妻？

女：点火去睡哥有对，点火进房哥有双；

　　两人共睡鸳鸯枕，像比芙蓉配牡丹。

男：哥今一人又一手，无人打理哥屋头；

　　四月秧长人扯种，哪个帮哥插一蔸？

女：锅中有饭哄无米，家中有嫂哄无妻；

　　老妹来问哥一句："为何有仔去读书？"

男：十二月天去捡雪，恁老不曾见过霜（双）；

　　不信开箱给妹看，子弹颗颗是原装。

女：昨夜妹到哥的家，望见哥嫂喂鸡鸭；

　　哥嫂气愤对妹讲："这个野仔不拢家。"

男：因为无双太孤寒，天天都到歌圩玩；

　　人家要讲由他讲，耍到日头落下山。

女：妹怨妹的命不修，今世栽花不结球；

　　和哥唱歌不成对，进庙烧香枉磕头。

男：竹筒只剩一支筷，无缘难得两相挨；

　　手捧一蔸相思树，走遍天涯无处栽。

女：抬头望天天又高，低头望水水滔滔；

　　买块牛皮回家煮，无柴也难沤成胶（交）。

男：拿蔸老蒜庭前种，又拿葱花后园栽；

　　老蒜葱花都生了，可惜不得两相挨。

女：妹娘生妹是苦瓜，哥娘生哥嘴巴滑；

　　只有今世无来世，怎得牛肉配苦瓜。

男：妹十三来哥十三，同年同月又同班；

　　哥是有心把妹念，怕妹嫌苦又嫌干。

女：见哥生好想不到，见哥乖乖想不来；

　　哥是聪明伶俐仔，好花不和苦麻栽。

男：哥十七来妹十七，同年同月又同时；

哥娘请媒去问妹，妹娘嫌苦妹不依。

女：天上星星伴月行，地下狮子配麒麟；
　　阿哥主意若拿定，哥做花子妹愿跟。

男：天旱泉水凉是定，鸭蛋双黄有二心；
　　口吐莲花都是假，看妹分明是哄情。

女：火烧芭芒一堆灰，阿哥莫给妹受亏；
　　得哥杯茶换杯酒，得哥豆腐换油堆。

男：好花栽在人园头，闻到花香难近苑；
　　出门碰见妹心好，可惜妹好哥难谋。

女：妹是旱田在岭边，有心耕种哥莫嫌；
　　总要阿哥勤车水，自有一天谷满田。

男：无桥难过这条沟，瞎子点灯白费油；
　　谷本撒在人田里，禾黄哪到哥来收？

女：妹是旱田在岭旁，说哥耕种心莫凉；
　　总要开沟勤引水，五荒六月得就餐。

男：六月种田禾苗细，难等禾黄抵肚饥；
　　手扯衣袖哥问妹，问妹禾黄到几时？

女：种田哥要勤看水，种花要把土来培；
　　总要阿哥有心种，自有一天谷成堆。

男：妹的田瘦哥加粪，几多功劳在里边；
　　九月禾黄人收去，给哥白望眼睛穿。

女：旱田无水莫丢荒，舍得耕种会得粮；
　　说哥打鱼勤撒网，莫给老妹断肝肠。

男：六月人种哥也种，九月白望谷子黄；
　　杀虫除草哥有份，晒干谷子进人仓。

女：今天陪妹唱山歌，说哥莫要气恁多；
　　若是今生有缘分，终归我俩难扯脱。

男：前世我俩修不来，山伯无福配英台；
　　情歌后园种铁树，挑水淋根花不开。

女：斑鸠飞落芝麻地，望见人多不敢啼；

等到哪天东风起，飞上云头结夫妻。

男：眼见鱼仔水中游，小猫白望口水流；
　　人园的花难伸手，哥有黄金也难求。

女：冒倒今年田不种，冒倒跟哥去广东；
　　若是得哥真心念，天崩下来妹当松。

男：可惜了，　　　　可惜人同命不同；
　　可惜哥的福分浅，无福难交双凤龙。

女：不连又讲妹无意，正是讲连哥不谋；
　　后颈生疮贴药膏，实在难剃哥的头。

男：妹的情意重如山，不连也难连也难；
　　山伯因为英台死，英雄难过美人关。

女：双脚走进灵神庙，人家烧纸妹烧香；
　　人家烧纸求富贵，老妹烧香求成双。

男：巴望金鸡能伴凤，巴望牡丹配芙蓉；
　　若是有缘成双对，无土壅根花也红。

女：和哥撑船游洞庭，莫给风吹浪打尘；
　　哥若真心来念妹，贴你恩情比海深。

男：和妹相会洛阳桥，芝麻开花慢慢高；
　　要学石头沉到底，莫学葫芦水面漂。

女：竹篙下水定深浅，上街买表定时间；
　　和哥结交妹先问："问哥包走几多年？"

男：连妹连满一百秋，百年不死哥不丢；
　　百年不死情不断，只怕阎王把簿勾。

女：连情就望连过世，说哥连妹要久长；
　　要像长江长流水，不学露水一时干。

男：石灰箩里翻跟斗，一心就望共白头；
　　蜜蜂飞进蜘蛛网，口里含花死不丢。

女：引水进田高坎过，望哥管好这垌禾；
　　人谅我俩连不久，老妹争气不丢哥。

男：骑马过河哥加鞭，哥是一心和妹连；

老虎拿来穿鼻子，哥也搏命把它牵。

女：和哥上街买蜜糖，老妹拿来放嘴含；

　　连哥好比糖拌饭，靠哥好比笋靠山。

男：河边捡得双牙筷，成双全靠水推来；

　　新买锡壶铅焊口，有缘（铅）才得两相挨。

女：高山滚石下江河，哥的心事妹难摸；

　　芭蕉心直叶子卷，螺蛳肚里转弯多。

男：火笼里头装火子，望妹来暖哥的心；

　　情哥连妹连到老，连妹不再去连人。

女：妹不信，　　　　不信阿哥怎好心；

　　点灯不肯吹黑火，连人哪肯说妹听。

男：大海中间砌桥墩，风吹桥墩不动摇；

　　桥墩上面撒谷本，专心来顾这条苗。

女：一说二说哥同年，说哥连妹心莫偏；

　　一针难引双丝线，一脚难踏两只船。

男：墙上挂钉钉挂灯，灯盏挂油油挂芯；

　　老妹挂哥哥挂妹，大家莫挂外头人。

女：花开花落年年有，和妹同心是难寻；

　　说哥连妹心事正，莫再连人看妹轻。

男：好酒吃杯千年醉，好花戴朵万年香；

　　妹的情意如山重，人好如花哥不贪。

女：海底种花难见天，人有黄金妹不连；

　　说哥和妹心一样，莫给老妹气冲天。

男：妹你有心哥有心，不可起意念别人；

　　千祈莫学貂婵女，董卓大闹凤仪亭。

女：哥你不嫌妹不嫌，二人良心对得天；

　　哥若变得千年树，妹变青藤万年缠。

男：失火烧了灯草铺，从此情哥心不多；

　　人好如花心不想，一心只念妹和哥。

女：我俩好，　　　　手拿八字路头交；

十字街前煮白菜，莫给别人放辣椒。

男：我俩好，　　　　　我俩生来一样高；

　　十字街头去买扇，买得把扇两人摇。

女：树高千丈不离地，花开万朵不离枝；

　　妹是红花哥绿叶，红花绿叶永相依。

男：六月天时晒棉被，连晒三天晒不干；

　　天旱人家去求雨，照哥一世望晴（情）长。

女：丝线结成花绣球，抛给阿哥哥莫丢；

　　哥你若是反心意，万代和哥结冤仇。

男：我俩一齐赶柳州，妹挑灯草哥挑油；

　　我俩同齐做生意，赚得钱财给妹收。

女：我俩赚钱一起用，我俩有衣共同穿；

　　我俩上街手牵手，给人望到眼睛穿。

男：妹鸳鸯，　　　　　好话打动哥心肠；

　　今世不得成双对，死下阴间心不干。

女：带帽出门天打闪，生要连来死要连；

　　和哥连情连到老，不连到半给人传。

男：人死留名在世间，鸟死留声在半天；

　　和妹结交留名誉，留好名声给人传。

女：生在阳间我俩爱，死下阴间共灵牌；

　　灵牌上面共八字，灵牌下面共花开。

第二节　想吃蜜糖就养蜂

男：今早出门来赶街，刚好遇着妹乖乖；

　　停久不得和妹耍，今天和妹唱两排。

女：今天哥来妹也来，手拿花树向阳栽；

　　先开一朵梁山伯，后开一朵祝英台。

男：松树爱生黄泥岭，江边杨柳爱沙洲；

　　　　　　鸟爱青山鱼爱水，妹爱风流哥爱逗。

女：搬块石头排哥坐，丢了工夫来唱歌；
　　手拿谷本路边撒，管它生草是生禾。

男：想吃蜜糖就养蜂，想唱山歌就丢工；
　　酒杯里头养黄鳝，管它是否变成龙。

女：哥你风神妹也癫，百样工夫丢过边；
　　放开心事陪哥唱，不成世界心也甜。

男：广东买马去玩耍，柳州买牛去风流；
　　玩耍遇着风流妹，如同灯草会灯油。

女：哥同年，　　　　　耍乐一天算一天；
　　灯笼挂在大门口，风光还有几多年？

男：停久不走花园路，嫩草开花老草枯；
　　停久不见妹的面，晓得还念是生疏？

女：久不见哥妹挂念，天天挂念在心间；
　　蜜糖封在黑坛里，久久开来还是甜。

男：停久不走相思岭，树木开花叶子青；
　　停久不见妹的面，晓得还念是丢情？

女：久不得见哥同班，时常挂念在心肠；
　　好酒封坛埋地下，十年开来味还香。

男：好酒一杯千年醉，好花一朵万年香；
　　阿哥和妹有情意，海水深深挑不干。

女：说哥听，　　　　　吃鱼丢刺莫丢鳞；
　　老妹和哥情意重，丢田丢地莫丢情。

男：离妹一年又一冬，时常念妹在心中；
　　今天得见妹的面，好比冬天见火笼。

女：过山过岭来就井，过岭过坪来探情；
　　葫芦装茶来解渴，心野心飞为知音。

男：东边起云彩虹现，西边落雨润良田；
　　今天和妹来相会，口不含糖心也甜。

女：难舍阿哥好良心，千条路远妹来寻；

若是寻得有世界，记哥恩情海恁深。

男：说妹离久心莫冷，枯木逢春又转生；

水推良田文书在，清平世界慢来耕。

女：恐怕离久心会变，嫌妹贫穷不肯连；

和哥上街去买果，哪个果酸丢过边。

男：为人在世讲良心，不能爱富心嫌贫；

和妹交结情意重，哥看老妹贵过金。

女：世上人往高处走，山中水往低处流；

说哥莫像花子样，得新又把旧的丢。

男：破手雕花种红豆，入骨相思妹不知；

同妹牵手下大海，情深寸步也难移。

女：榕树当伞绿荫荫，莫拿甜嘴哄私情；

妹说阿哥要稳重，交情也要讲良心。

男：广东买藕广西栽，藕藤攀过柳州城；

阿哥和妹俩相爱，千年万代不分开。

女：广东买藕广西种，藕藤攀到柳州城；

老妹为哥心野了，千年万代不能分。

男：老妹为哥你心野，阿哥为妹心也飞；

我们好比花和蝶，花迷蝴蝶蝶迷梅。

女：得哥句话千年想，桂花落地万年香；

三寸小刀吞下肚，为情割断九条肠。

男：情哥想妹想到癫，时时想妹在心间；

想妹不得见妹面，话声还在耳朵边。

女：桂树八角一样香，老妹阿哥共条肠；

我们好比长江水，盼望冬寒见白霜。

男：想妹想成"三八"鬼，时时都想拢一堆；

想妹不见妹的面，红薯进灶真该煨。

女：妹也想哥想到晕，三魂杳杳把哥跟；

想哥不见哥的影，十分愿死不愿生。

男：阿哥想妹心好忧，颈上无刀自断喉；

想妹不得妹来伴，愿买豆腐来碰头。

女：想哥癫，　　　　想哥像比想炊烟；

　　拿篮上街买鸭蛋，四处寻藤找蔸穿。

男：妹癫哪比哥多癫，手抓把筷去犁田；

　　走到田边才醒定，坐在田坎泪涟涟。

女：下雨蒙蒙不见天，河水弯弯不见船；

　　想哥好比峨眉月，白等楼梯不到天。

男：想妹癫，　　　　脚踩猪槽讲是船；

　　吃饭好比吃沙子，龙肉打汤吃不甜。

女：想哥想到妹眼瞎，白天拿当夜来磨；

　　想哥不见撑棍走，黑路不知走几多。

男：想妹想到哥发懵，三月清明讲立冬；

　　十二月天卖凉粉，五荒六月卖火笼。

女：想哥难，　　　　想哥隔水又隔山；

　　好比鲤鱼吃着药，晕晕盹盹在深潭。

男：想妹想到身发痧，一身都是铁斑麻；

　　撑棍出门人又笑，丢棍出门眼又花。

女：想哥迷，　　　　想哥迷迷哥不知；

　　三天不吃茶杯饭，眼泪流来洗得衣。

男：猫仔无鱼灶边叫，想妹不见乱糟糟；

　　日思夜想难相会，心中好比火来烧。

女：东边画眉西山凤，南海金鱼北海龙；

　　龙在大海凤难见，哥在人村妹难逢。

男：怄气多，　　　　想妹不见愿吃药；

　　铜镜画有观音女，气死不能嫁给哥。

女：妹也气，　　　　怄气难说给哥听；

　　下雨三天望两日，不知哪日得见晴（情）？

男：为花才走这条路，为情才赶这条街；

　　为个萝卜扯苋菜，山伯气死为英台。

女：为哥老妹气得深，爬上楼梯望哥村；

好马难行千里路，好鸟难飞刺竹林。

男：花王三斗哥常走，梧桐江西哥不离；
　　哪个连情心不念？念在心头妹不知。

女：过山过水为寻哥，大路石头走成河；
　　走了几多石头路，脚板脱皮因为哥。

男：过山过海为朵莲，大路石头踩成盐；
　　大路石头哥踩烂，为妹才过洛阳船。

女：妹不信，　　　　不信石榴开白花；
　　哥在家中开油榨，得吃油多嘴巴滑。

男：老妹莫讲哥嘴滑，和尚摸头哥无发；
　　和妹不得成双对，愿喊妹娘做契妈。

女：天上打闪空见云，不曾得颗雨淋身；
　　若是皇天开了眼，下雨来救旱禾生。

男：老妹像比一朵莲，脸蛋红红嘴巴圆；
　　过年过节人猜码，哥难开口喊团圆。

女：南京千里种芙蓉，去到北京挑粪壅；
　　扒草寻蛇回家养，费尽心机不成龙。

男：高山岭顶插红旗，旗尾摆东又摆西；
　　蚂蟥钻进螺蛳肚，阿哥为妹好心迷。

女：油菜开花一片金，蜘蛛结网像龙鳞；
　　南蛇过海像飘带，妹也长思哥一人。

男：大海中间开水碾，人图碎米哥图糠；
　　人图家财有百万，哥图老妹好心肠。

女：喉干难得近大海，无船难去到蓬莱；
　　妹是路边苦麻菜，无福难在井边栽。

男：我俩生来苦对苦，穷苦相交也幸福；
　　出门问得半碗水，哥也当它酒一壶。

女：苦麻菜，　　　　舍得油盐煮也甜；
　　总要情哥真心念，老妹能顶半边天。

男：铜罐拿来煨鼠胆，先苦后甜要耐烦；

　　　　哥今就是薛仁贵，一心一意顾唐皇。

女：老妹坐船下广州，有对鸳鸯水面游；
　　鸳鸯水面打跟斗，生不分离死莫丢。

男：阿妹是苑苦楝树，哥是苦藤攀苦枝；
　　苦藤攀在苦楝上，生也不离死不离。

女：进园掐菜遇着艾，下水竹篙插定排；
　　哥你有情妹有意，树木横丝劈不开。

男：心无二意长相守，水无波浪顺江流；
　　老妹情深哥意重，海枯石烂不能丢。

女：脚踩沙泥出清水，寒天细雨冻成冰；
　　总要我俩有心念，石板栽花也生根。

男：神公舍得磨和炼，总有一天变成仙；
　　穷穷苦苦俩相愿，秋树无花鸟不嫌。

女：上街买桶桶连箍，下街打酒酒连壶；
　　连情就望长久念，到半栏杆心不服。

男：上街买肉肉连皮，下街买锁锁连匙；
　　哥是钥匙妹是锁，钥匙连锁不分离。

女：一个萝卜一个坑，一个仙桃一个仁；
　　灯草穿钱九十九，老妹和哥共条心。

男：嫩草生苗靠阳光，田垌禾黄全靠霜；
　　哥打单身靠妹念，妹的恩情比海宽。

女：天旱不断长江水，雨淋不烂大石头；
　　总要阿哥真心意，生根石板不能抽。

男：山顶撒秧望天晴，旱禾就望雨来淋；
　　哥是鸡仔跌落水，望妹捞起得干身。

女：和哥开塘来种藕，不给塘干藕叶红；
　　专心服侍这塘藕，有心连哥不怕穷。

男：开塘种藕和妹守，一直守到藕开花；
　　和妹连情连到老，管它是否有财发。

女：开塘种藕和哥守，和哥守在藕塘边；

我俩连满一百岁，哥不丢妹妹不嫌。

男：我俩修条相思路，大家齐下苦工夫；
　　人好如花哥不念，人有黄金妹莫图。

女：哥若做得千年藕，老妹能做万年莲；
　　哥若专心无二意，妹的心事永不偏。

男：我俩情意重如山，不给塘崩鱼下滩；
　　要做甘蔗甜到尾，莫像露水一时干。

女：新割茅草盖墙头，哥不丢来妹不丢；
　　我俩要像长江水，万古千秋不断流。

男：鸳鸯水面打跟斗，万古千秋水面浮；
　　灯草扎排下大海，我俩有心同对游。

女：妹去长沙学刺绣，哥去苏州买丝绸；
　　绣对鸳鸯同戏水，鸳鸯戏水共白头。

男：韭菜葱花一样鲜，甘蔗蜜糖一样甜；
　　阿哥阿妹一样念，放糖煮菜哥莫嫌。

女：风吹云动天不动，水推船移岸不移；
　　哥你有情妹有意，利刀难砍水分离。

男：桐油包子子包油，竹壳包笋包到头；
　　望妹连哥连到老，绝莫到半把哥丢。

女：生不丢来死不丢，老妹连哥连到头；
　　变鱼我俩共滩水，变花我俩共一苑。

男：生不离来死不离，生同饭碗死共泥；
　　变蛇我俩共一洞，变花我俩共一枝。

女：生要连来死要连，生死不离哥同年；
　　哥变神仙庙里坐，妹变香炉在面前。

男：生不离来死不离，和妹好比水和鱼；
　　鱼也不能离得水，水也不能舍得鱼。

女：生不丢来死不丢，秤杆不能丢秤钩；
　　生在阳间同哥念，死下阴间共板头。

男：难舍妹，　　　　唐皇难舍杨贵妃；

生在阳间情意重，　　　变鬼还思拢一堆。

女：留心等，　　　　　　留心守等结成双；

　　不信你看覃金定，　　留心守等薛丁山。

男：留心等，　　　　　　留心守等结同年；

　　不信妹看窦玉虎，　　留心守等薛金莲。

女：纸扇烧了妹留骨，　　檀香烧了妹留灰；

　　妹留心事同哥念，　　如同辣椒念芫荽①。

男：和妹好，　　　　　　还在一朝念一朝；

　　不信妹看唐皇念，　　李旦留心念凤娇。

女：种花哥要勤淋水，　　连妹莫给妹受亏；

　　望哥如同星伴月，　　月亮光光星子陪。

男：天上星子伴月光，　　田中稗草伴禾黄；

　　稗草伴禾哥伴妹，　　伴妹姣娥结好双。

女：老虎下山留脚印，　　白鸟飞高留影跟；

　　我俩留心念到老，　　世上留个好名声。

男：哥是董永妹仙姑，　　仙女下凡找丈夫；

　　老妹不嫌哥命苦，　　前世修来今世福。

女：董永仙姑结夫妻，　　穷苦相交也甜蜜；

　　为人总要有志气，　　哥耕田地妹织衣。

第三节　千年不换这条心

男：好久不见妹姣娥，　　坐在家中心闷多；

　　天天都盼妹来耍，　　盼妹如同鱼盼河。

女：久不见哥妹心忧，　　好比山崩塞断沟；

　　今天得见哥的面，　　几多欢喜在心头。

男：好久不见妹姣姣，　　心中像比火来烧；

---

① 芫荽，通称香菜，用作香料，也可入药。

今天得见妹的面，犹如得雨救禾苗。

女：好久不见哥同般，好比山崩塞路旁；
今天得见哥的面，像比云开见太阳。

男：好久不见妹乖乖，山伯挂念祝英台；
今天得见妹的面，百样忧愁总丢开。

女：好久不见哥的面，心中好比小刀穿；
今天不料得相会，口不含糖心也甜。

男：久不相见心好忧，怕妹移花种石榴；
四处滩头人放钓，怕妹心野上人钩。

女：自从离别到如今，想哥好比想黄金；
和哥情意如山重，人给蜜糖不甜心。

男：好久不见妹来陪，哥想腾云展翅飞；
白天想妹难相会，夜晚梦中见几回。

女：站在云霄望月光，织女标梭望牛郎；
九月重阳下露水，睡梦难逢白头霜（双）。

男：久不相见今日逢，好比久旱见长虹；
今天得见妹的面，几多话语在心中。

女：想到当初哥同妹，夜睡不着心也飞；
芙蓉牡丹分开种，不得同园共土培。

男：山高难见园中菜，水深难见石青苔；
离妹得久天天盼，如同久雨盼晴来。

女：吸烟的人念烟筒，喝茶的人念茶盅；
唱歌的人念歌友，时时挂念盼相逢。

男：离妹路远真受亏，久久不得见一回；
好比鸳鸯失了对，日思夜想肝肠摧。

女：离哥得久妹挂心，好比丝线离了针；
夜睡想哥泪落枕，手巾抹烂几多条。

男：撕麻拿来织成布，哥为老妹气成痧（纱）；
月亮出来照外院，难得团圆进哥家。

女：为哥心散做工懒，睡在高床身懒翻；

纱在高机妹懒纺，时时想哥在心肠。

男：戴帽出门落为雨，黄獭寻江落为鱼；
　　阿哥心乱落为你，问妹心头知不知？

女：哥为妹来妹为哥，鸟为青山鱼为河；
　　鸟为火烧死在岭，鱼为灰腌死在河。

男：黄獭为鱼气江边，蜜蜂为花念花园；
　　哥为老妹肝肠断，望妹望到眼睛穿。

女：坐在树根树尾动，抬头不见有南风；
　　低头望见大海水，两眼望穿不见龙。

男：住在高山天天雨，没有一天得见晴（情）；
　　牛绳拿来做裤带，一年四季捆哥身。

女：天天读书是孔子，天天想水是鹭鹚①；
　　红豆跌落大海底，百年还念到相思。

男：阿哥早早靠门旁，东瞧西望妹鸳鸯；
　　手拿楼梯爬墙望，望见山高水又长。

女：想哥变成"三八"鬼，越思越想心越飞；
　　好比倒春寒风到，桃花日夜受风吹。

男：屠夫为肉杀猪卖，三天就赶两天街；
　　哥不成人因为妹，鱼死因为穿了鳃。

女：为哥高山走成路，为哥石板走成槽；
　　为哥流了相思泪，手巾抹烂几多条。

男：时时想念妹同年，好比南蛇想变仙；
　　蛇想变仙天上走，哥想伴妹走花园。

女：想哥一日不思吃，想哥一年吃不甜；
　　吃粥好比吃苦药，吃饭好比吃黄连。

男：下雨路滑出门玩，为妹爬上九龙山；
　　爬上山头两眼望，见天容易见晴（情）难。

女：想哥眼泪落涟涟，好比蜜蜂想花鲜；

---

① 鹭鹚，水鸟，能游泳、善于捕鱼。

好花生在石崖上，难得移来栽在园。

男：路远交情真受亏，三年不得见一回；

好花不得绿叶配，好龙不得凤来陪。

女：高山望见一朵云，难得来遮妹的身；

和哥离远难相会，说哥莫怪妹娇情。

男：路远不如路近好，情深意重也难交；

天旱望见长江水，离远难得救禾苗。

女：山高水远各一方，路远结交万艰难；

不来又怕私情断，来多又怕外人谈。

男：高山岭顶种芙蓉，难得淋水挑粪壅；

路远栽花难料理，难得料理花长红。

女：路远总要共条心，留心留意等成亲；

说哥要像杨宗保，留心守等穆桂英。

男：水泡阳桥路不通，有船无桨也是空；

犀牛空望月中桂，无翅难飞上月宫。

女：有心不怕路头远，无心哪怕共廊檐；

老妹心中常挂念，心中像比火来煎。

男：望妹如同望星星，巴望天星夜夜明；

阿哥日思夜又念，时时都盼妹成亲。

女：蔷薇本想配紫荆，山高水远难攀藤；

五月蚊虫帐外叫，叫断肝肠不见门。

男：妹呀妹，　　　　　莫给情哥心太灰；

金鸡画眉不共岭，还望有日共山飞。

女：钢刀不磨千年利，铜镜不磨万年光；

离久私情妹还念，怕哥忘记妹鸳鸯。

男：自从交结妹同年，大路逢人走过边；

桂花树下低头过，守妹本分到今天。

女：葫芦装茶挨吊颈，万般都怪命生成；

妹是高山葫芦蔓，受尽折磨也要生。

男：路远结交难料理，气断肝肠无人知；

东边红火燃烧起，水在西边难救急。

女：半夜开门望天边，七星走后月走先；

七星想伴月亮走，越离越远难团圆。

男：母鸡下窝莫冷蛋（淡），路远结交心莫凉。

说妹和哥要常念，莫给山崩塞水干。

女：妹怨妹的福分薄，无缘难配妹同哥；

盐碟栽花缺少土，树小难招鸟结窝。

男：耐烦舂米得好糠，耐烦结交成好双；

十字街头熬酒卖，慢慢流来得满缸。

女：风流世界苦得多，慢思慢想妹和哥；

芙蓉牡丹分开种，不得共园奈不何。

男：慢慢连哥妹莫气，旱田无水要勤犁；

初一烧香到十五，月亮团圆会有时。

女：下雨蝉虫树上叫，为晴（情）申了几多冤。

连哥不得共屋住，一怨地来二怨天。

男：十二月天看鸭帮，脚踩青霜心莫凉；

蚂蚁爬上大树尾，连情不怕路头长。

女：妹怄气，　　　　　怄气花开不共菀；

喝茶连杯吞下肚，百年不烂在心头。

男：和妹开荒种槟榔，就望槟榔结果香；

总要我俩有情意，六月天时也落霜。

女：檀香贵，　　　　　九十九文买一包；

条条大路烧三把，不知哪把有功劳？

男：若是得妹做哥双，手拿檀香拜四方；

我俩进园去种菜，妹挑水桶哥拿篮。

女：哥是明月在高空，妹是星星云里蒙；

树上乌鸦难配凤，洞里南蛇难配龙。

男：月亮里头有菀树，双手去攀桂花枝；

妹是人栏金鞍马，半夜去偷望得骑。

女：有铁难打千斤刀，有网难抛海底鳌；

抬头望哥低头想，只愿妹的命不糟。

男：金木水火中间土，妹命是水哥是木；

树木还靠水来养，树木无水也会枯。

女：落雨跑进石岩躲，久不见晴（情）恼气多；

石灰箩里打跟斗，九死一生落为哥。

男：三月蚕虫睡茧壳，落为相思气几多；

黄獭为鸭跌下井，眼前丧命为姣娥。

女：天阴灯草挑去晒，想晴（情）难得见心开；

想哥不得成双对，双眼流泪挂满腮。

男：想妹一下吃不下，想妹一天吃不甜；

点火去烧蜡烛脚，流泪不敢对人言。

女：哥的心好妹心焦，心中像比火来烧；

恁久不见哥的面，如同坐了九年牢。

男：楼上点灯楼下光，高台写字不成行；

铜罐烧茶滚在内，水少茶多念在肠。

女：妹把真情说哥听，说哥牢记话分明；

三十晚上亮灯盏，说你添油莫换芯（心）。

男：十年灯草哥收捡，留芯（心）守等妹同年；

蜘蛛撒网藕塘过，绝不牵丝别处连。

女：哥你对妹吐真情，老妹对哥也留心；

人人都讲黄金贵，妹看真情贵过金。

男：石板高头种甘蔗，种得头甜望尾甜；

哥念妹念俩相恋，哥念妹丢也枉闲。

女：灯草拿绞禾镰把，愿给良心给哥拿；

说哥莫像禾苗样，禾苗收割给人抓。

男：黄金拿来打灯草，千年不换这条芯（心）。

哥有真心来念妹，绝不丢妹去连人。

女：阿哥真心来念妹，妹也留心来念哥；

专心服侍花一朵，我俩连情心莫多。

男：哥爱妹爱龙须菜，哥念妹念百年甜；

十字街头煮白菜，哥放油来妹放盐。

女：耕田撑棍我俩撑，撑条硬气给人瞧；
　　人传我俩连不久，望哥争气莫丢姣。

男：哥愿做山给妹靠，望妹做水给我挑；
　　天长地久俩相好，牵手同过洛阳桥。

女：哥留心意妹留情，像比松柏万年青；
　　哥是春风妹夜雨，风雨两人不能分。

男：早上起来天大晴，过了午时又转阴；
　　恐怕嘴好行失信，到半丢哥去连人。

女：糯米一颗是一颗，藕叶一张是一张；
　　妹连一个就一个，不像人家心恁贪。

男：大田隔水水隔基，人心隔肚肚隔皮；
　　最怕像比西洋镜，里头全是假消息。

女：妹看阿哥如山重，和哥口同心也同；
　　莫拿木棍来吹火，吹来吹去总不通。

男：和妹牵手江边走，风吹水浪动悠悠；
　　莫拿油嘴和哥讲，好比鲤鱼一阵浮。

女：大河涨水浪悠悠，老妹说哥心莫忧；
　　和哥同把精神抖，好比一对搏浪鸥。

男：大河涨水浪滔滔，说妹水面莫飞刀；
　　妹若无心莫讲笑，无水妹莫架空桥。

女：同哥骑马过桥头，风吹马尾动悠悠；
　　说哥莫打退堂鼓，不得成双心莫收。

男：大海中间起桥墩，大浪来堆莫给崩；
　　若是推崩桥难过，十分有意也难跟。

女：大河涨水小河清，妹是岸边打鱼人；
　　打鱼不得不收网，连哥不得不收心。

男：大海中间扎竹排，莫给大浪水推开；
　　水推竹排哥难过，有情难配妹英台。

女：甘蔗甜甜丢了渣，路上有花哥莫掐；

落雪打死一塘藕，说哥要顾这枝花。

男：打开窗子说亮话，念妹不再念人家；
　　老妹爱吹旧笛子，哥同爱抱旧琵琶。

女：蚂蚁起屋在路头，黄蜂起屋在草苑；
　　未曾连哥开口问，问哥老了丢不丢？

男：妹是灯草哥是油，只讲念来莫讲丢；
　　百年不死哥还念，若还死了把心修。

女：竹子生来节节高，连情莫要耍花招；
　　阿哥嘴巴这样好，莫连到半把妹抛。

男：破开心事同妹讲，情哥不做负心郎；
　　怕妹连哥连不久，照哥一世不丢双。

女：妹是星星天上走，望哥做月伴星游；
　　和哥共走相思路，月不落西星不收。

男：天上星星伴月光，田中稗草伴禾黄；
　　稗草伴禾哥伴妹，情哥伴妹百年长。

女：路边捡得一节藕，老妹拿去旱塘丢；
　　巴望皇天落大雨，好给藕节长嫩苑。

男：石板高头打跟斗，舍得头破有血流；
　　路黑和妹牵手走，有天必定有日头。

女：和哥挖塘来种藕，泥瘦土浅妹不忧；
　　只忧塘干晒死藕，只忧连哥不到头。

男：和妹挖塘来种藕，同心服侍在塘头；
　　天旱不给塘基漏，不给塘干旱藕苑。

女：妹是秤杆哥是砣，秤杆不能离秤砣；
　　人传老妹连不久，争气一世不丢哥。

男：高山岭顶种绿豆，绿豆长苗用草遮；
　　说妹莫信旁人讲，旁人会做两头蛇。

女：人家要讲由他讲，人家要谈由他谈；
　　总要我们站得稳，管他五马滚六羊。

男：同妹上街去买果，哥拿秤杆妹拿砣；

汤圆下肚心有数，大家莫信外人唆。

女：变砖变瓦共一窑，我俩结交心一条；

床头有把鹅毛扇，同心合意两人摇。

第四节　蜜蜂转念旧花园

男：当初读书共张柜，过水妹还要哥背；

妹今和人成了对，哥如孤树受风吹。

女：小学读书坐平排，哥流鼻涕妹帮揩；

放学回家路上走，还要妹牵哥过街。

男：小时二人骑木马，老妹跌倒喊哥拉；

今天妹大哥也大，鬼喊你去嫁人家。

女：小时和你玩泥巴，两人抬水去种花；

哥大今天不睬妹，鬼打道师没有法。

男：当初和妹坐树下，谈心谈到月影斜；

讲了几多私情话，不料反心跟人家。

女：当初和哥坐草坡，蚊子叮脚妹帮搓；

哥你今天反心意，反情倒怪妹姣娥。

男：当初和妹种仙桃，枉哥淋水汗都漂；

今天结果人收去，留菀空树给哥摇。

女：当初哥哥伴妹妹，同在南山插香炉；

日月受了天狗咬，正想团圆彩不足。

男：当初和妹放风筝，恩恩爱爱共条心；

谁知大风吹断线，喊我戴帽去哪寻？

女：当初哥叹老妹乖，山伯不舍祝英台；

今天哥另当世界，丢妹如同烂草鞋。

男：当初和妹恩对恩，金鸡飞去凤飞跟；

今日老妹反心意，三月鹧鸪各自分。

女：当初老妹白又嫩，哥把老妹当是金；

今日阿哥嫌妹老，看妹如同烂尿盆。

男：当初和妹有感情，妹爱阿哥像花针；
　　半天不见哥的面，村头村尾到处寻。

女：当初二人有情意，哥妹好比水和鱼；
　　今天哥你反心了，日上东山月落西。

男：当初我俩有心念，黄连打汤喝也甜；
　　哥今落难妹看贱，龙肉打汤妹还嫌。

女：当初我俩共笼鸡，共笼吃米共笼啼；
　　今天和妹生疏了，如同锁头丢了匙。

男：当初二人热像火，今日同妹冷像冰；
　　今天老妹反心意，牛角做路弯转行。

女：当初和哥好又好，今日如同狗和猫；
　　鼻子生疮去照镜，疮不出脓气难消。

男：当初我俩好得多，妹讲一世不丢哥；
　　今天你去连人了，枉哥功劳丢下河。

女：当初我俩讲千般，讲得娥眉月亮圆；
　　今日阿哥反心意，糖拌西瓜哥讲酸。

男：当初见面远远喊，今天见面就躲藏；
　　阿哥不是山老虎，为何老妹心恁慌？

女：当初妹像一枝花，妹的房门哥走滑；
　　今天妹老哥变心，不念老妹念人家。

男：当初哥是英雄汉，老妹伴哥甜如糖；
　　今日情哥落了难，老妹丢哥走别方。

女：当初妹像一朵莲，哥你日夜把妹缠；
　　今天花谢妹老了，远远见妹躲过边。

男：当初哥家蛮富裕，老远见哥笑眯眯；
　　哥今贫穷妹不理，嫌哥油水榨不出。

女：当初老妹嫩又鲜，哥捧老妹像金砖；
　　今天老妹老点点，哥就丢妹把人连。

男：当初有钱妹就连，今日哥穷妹就嫌；

死进棺材还伸手，到头有鬼拢身边。

女：水推良田妹难管，留它推去变成沙；
　　哥你无情反心意，妹才逼倒念人家。

男：气不尽，　　　　蚂蚁绚腰气不消；
　　以为连妹有依靠，谁知转把气来淘。

女：哥也气来妹也气，无缘难得共白头；
　　如同天上半边月，不得团圆照九州。

男：为妹前程心冷淡，千般世界冷落完；
　　牛角拿来修筷子，不知丢了几多双。

女：晓得天旱不种田，晓得塘干不种莲；
　　晓得到半反心意，早已收心几自然。

男：廊檐下面打布匹，晓得落雨早收机；
　　晓得老妹靠不住，当初不下这盘棋。

女：高山种豆不得豆，平地种棉不得棉；
　　手拿石头山边滚，白白同哥滚几年。

男：天天寄话去给妹，只见话去无话回；
　　手拿谷本河边撒，枉费功劳给水推。

女：昨夜火烧八角庙，爬上高楼望火苗；
　　手拿铜镜当天照，照见哥心十二条。

男：高山岭顶晒灯草，风吹下海也难捞；
　　人讲妹嚣哥不晓，妹的心事比天高。

女：上街买去槟榔芋，谁知买着野芋头；
　　一心只想得美味，谁知倒痒妹的喉。

男：实在气，　　　　气死气活有谁知；
　　当初养蛇哥好意，谁知蛇大倒吃鸡。

女：不讲起来气不消，讲起又把气来淘；
　　当初好比鱼和水，今日如同狗和猫。

男：当初人讲哥不信，今天才知妹良心；
　　走路踩着牛脚印，跌倒才知路不平。

女：当初人讲妹不听，和哥情重不舍分；

今天哥讲无情话，放火烧青冤枉生。

男：当初和妹有感情，灯草架桥妹敢跟；
　　今天老妹心变了，石板架桥妹怕崩。

女：当初起意是哥邀，杀鸡还是哥拿刀；
　　后园韭菜是哥种，为何扯起种茼蒿？

男：当初求神哥有意，不是肉来就是鸡；
　　今日求神神不理，好比塘崩丢了鱼。

女：泥塑菩萨跌下水，老妹懒得再捞神；
　　六月得吃新禾米，哪还记得车水人。

男：当初栽花哥有劲，一桶一桶提水淋；
　　谁知花开红不久，白白费了一番心。

女：三尺白布挂当天，鸟笼挂在屋廊檐；
　　老妹有心把你念，哥你无心讲妹嫌。

男：扯藕另去人塘种，如今不见旧时莲；
　　双手放在胸膛上，摸妹良心歪过边。

女：三尺白布挂墙头，哥你无心赖妹丢；
　　只有旱塘晒死藕，哪有哥连妹心收。

男：千条路远来看姣，大水冲崩九度桥；
　　眼中流出相思泪，手巾抹烂几多条。

女：双手放在妹胸膛，眼泪流下枕头床；
　　哥你反心倒讲妹，死鱼因为放塘干。

男：枉了枉，　　　　灯盏无油枉挂高；
　　东边起云不下雨，无水来救旱禾苗。

女：那天见哥去走岭，后背哪个把哥跟？
　　以为老妹总不晓，鸭蛋双黄有二心。

男：哥愿给妹敲两棍，愿妹滚水对头淋；
　　妹反良心哥不怪，莫要造谣恁难听。

女：妹气多，　　　　哥去连人丢姣娥；
　　烂了钥匙丢了锁，为哥气愤睡不着。

男：芋蒙妹讲是藕叶，真龙妹讲是南蛇；

　　　　吃着错药妹颠倒，你见哥连哪个先？

女：磨刀上山砍柴菀，一心想砍硬木头；
　　谁知砍着空心树，手拿柴刀自愿丢。

男：这条大路妹先修，未曾修好妹先丢；
　　新起麻篮不收口，何必当初莫起头。

女：因为滩陡水才急，因为哥反妹才离；
　　因为哥讲无情话，墙高才起二层梯。

男：风吹马尾千条丝，日晒龙鳞万点金；
　　连妹不三又不四，白给人家传坏名。

女：火不烧山兔不走，几多哑怄在心头；
　　只为塘干晒死藕，妹才扯起种石榴。

男：手拿罗盘丢下江，几大乾坤冷落完；
　　妹去连人哥不讲，莫要当堂把脸翻。

女：连夜买麻连夜搓，为哥劳碌受奔波；
　　三斤麻绳织床网，把妹功劳丢下河。

男：当初妹错哥也错，今日好比挨刀割；
　　白白修条相思路，传坏妹名讲坏哥。

女：错了错，　　　　骑马上山踩错蹄；
　　老妹吃错酸梅果，不得肚饱转肚饥。

男：妹讲妹错哥心伤，不该插下这菀秧；
　　后悔当初连错妹，后悔重阳登错山。

女：心好心丑世间有，丢旧连新也有多；
　　拿刀去破石榴果，石榴子少哥心多。

男：枉费了，　　　　枉费灯草枉费油；
　　枉费十五云遮月，枉费连情不到头。

女：一刀砍断这条藤，这回莫望再相连；
　　月过十五光明少，团圆只有在梦间。

男：棺材里头装腊鸭，一身干骨为姣娥；
　　错手打烂鸡生蛋，不得团圆可惜多。

女：丢了丢，　　　　黄獭不望死泥鳅；

泥鳅死在水沟里，黄獭走过懒抬头。

男：世间百样人都有，老妹做事莫过头；

有日火烧灯草铺，人家淋水哥淋油。

女：丢了丢，　　　　再不扛伞哥门求；

再不拿筒借哥米，再不拿杯借哥油。

男：妹不连哥哥当松，再不挂妹在心中；

三月桃花处处有，不独妹园那苑红。

女：丢了丢，　　　　丢情好比丢石头；

手拿石头丢下海，一世不望石头浮。

男：妹不连哥有人连，马无笼头有人牵；

拿篮上街去买菜，不愁没有味新鲜。

女：外婆死仔没得舅（救），无意的人懒再求；

吃个红薯中间烂，见到心坏妹才丢。

男：散了散，　　　　火烧禾稿散悠悠；

十二月天喝雪水，几多冷落在心头。

女：罢了罢，　　　　老妹扛伞转回家；

煮熟螺蛳离了盖，这回莫想肉相巴。

男：不望了，　　　　山伯不望祝英台；

一刀砍断相思树，千年不望这苑树。

女：哥你不望妹不跟，盐鱼下缸不望生；

门口大田不望种，反情莫望妹来寻。

男：灯笼烂了丢庙旁，这时不想旧时光；

七月十四泼水饭，施幽不望鬼来还。

女：不望了，　　　　九月塘干不望莲；

六月不望山头雪，断情不望再团圆。

男：断了断，　　　　箩筐断耳又断绳；

大路断了妹脚印，哥房断了妹声音。

女：东方不亮西方亮，断了黄河有长江；

哥不连妹妹不气，再不移脚进哥房。

男：错了错，　　　　打错桐油亮错灯；

当初以为妹心好，今日才知妹良心。

女：石板高头打跟斗，大家头破鲜血流；
　　人传我俩私情重，谁知今日结成仇。

男：石板滑滑打泼水，人传我俩打泼油；
　　浪子回头金不换，邀妹回心再起头。

女：衣裳已经烂脱肩，若还再补也难穿；
　　私情丢了也就罢，若还转念也不甜。

男：曹操修书给吕布，还望能念到当初；
　　哥也回心妹转意，桶烂再用铁箍箍。

女：当初和哥共条沟，为何分做两条流？
　　哥今伸手来拦妹，老妹无心再转头。

男：因为当初情意深，喊哥真丢不忍心；
　　鸳鸯棒打各分散，还要回头叫一声。

女：新起凉亭大路口，老妹不来哥又求；
　　哥你良心还在哪？把妹骂够喊回头。

男：万丈高楼重新起，过去的话莫再提；
　　气涨才骂三五句，气消何能舍分离。

女：千担黄泥万担沙，修条大路进哥家；
　　人家修路有功果，老妹修路结冤家。

男：瓜棚倒了再来撑，人撑横来哥撑直；
　　人情冷暖分高下，哥的良心妹也知。

女：哥喊妹撑念旧情，妹也不忘哥的恩；
　　老妹同哥转相念，免给旁人来看轻。

男：转念转，　　　　蜜蜂转念旧花园；
　　妹去连新不比旧，甘蔗旧苑是多甜。

女：旧衣老妹也不嫌，洗净晒干妹又穿；
　　新衣不比旧衣暖，新情不比旧情甜。

男：过桥跌线又跌针，江边水退转来寻；
　　哥转心来妹转意，大家转念旧私情。

女：燕子成双飞进厅，哥妹重新念旧情；

我俩重新念到老，海枯石烂不变心。

——以上摘自《广西情歌精彩对唱》（黄有福编著．广西情歌精彩对唱．中国文化出版社，2005.07）

第五编　象州壮欢情歌选录（壮族）

第一节　节气歌

女：正月叫鸟叫连连，吱吱啾啾闹春天。
　　正月春节大节气，到处回家拜大年。

男：正月叫鸟叫连连，吱吱喳喳闹春天。
　　正月初一到十五，大家玩耍过大年。

女：二月年吞叫连连，一天到晚闹不闲。
　　二月里来惊蛰到，还有春分在面前。

男：二月年吞叫连连，一天到晚闹不闲。
　　好的年吞飞走了，差的白闹一天天。

女：三月燕子回家园，站在厅前叫嗛嗛。
　　三月里来清明到，家家扫墓拜祖先。

男：三月燕子回家园，站在厅上叫嗛嗛。
　　三月时节清明到，妹跟别人订良缘。

女：四月斑鸠满山游，勾勾贯贯叫不休。
　　四月小满节气到，乔麦黝黝挂枝头。

男：四月斑鸠满山游，勾勾贯贯叫不休。
　　四月小满节气到，小妹种田乐悠悠。

女：五月乌鸦闹哄哄，叽叽咔咔叫垌中。
　　五月里来到芒种，禾苗嫩绿铺田中。

男：五月乌鸦闹哄哄，叽叽咔咔叫垌中。
　　五月里来芒种到，小妹耕耘田垅中。

女：六月鹌鹑叫嘟嘟，一声清晰一声糊。
　　六月小暑天气热，一人一扇把汗除。

男：六月鹌鹑叫嘟嘟，一声清晰一声糊。
　　六月小暑天气热，一人一扇把汗除。

女：七月鸲①汪叫不停，一声重来一声轻。
　　这种鸟叫苟苟苟，催促我们快成亲。

男：七月鸲汪叫不停，田中传来汪汪音。
　　小妹前去成家了，早和别人建家庭。

女：八月又闻天鹅音，飞过头顶不肯停。
　　情哥已有当家嫂，哪把小妹记在心。

男：八月又闻天鹅音，飞过头顶不肯停。
　　情哥未有当家嫂，唯靠情妹才成人。

女：九月山鸡到处游，飞来飞去又回头。
　　九月秋收割老稻，小妹心头乐悠悠。

男：九月山鸡到处游，自远飞来哥屋头。
　　九月人们忙收谷，手拿谷穗苑连苑。

女：十月小鸟树上飞，吱吱喳喳往下擂。
　　十月已交立冬节，垅中树叶落纷飞。

男：十月小鸟树上飞，叽叽喳喳叫妹回。
　　小妹前去成家了，己和别人心相随。

第二节　花歌

女：首句花欢唱同年，好花栽在后花园。
　　好花开在西天上，妹无福分也枉然。

男：首句花欢回同年，好花结伴后花园。
　　如果我们有缘分，就请移来共一园。

---

① 鸲，鸟类，身体小，尾巴长，嘴短而尖。

女：二句欢花回同年，蜻蜓花开房后边。

　　鲜花朵朵开高处，小妹眼望泪涟涟。

男：二句欢花回同年，花开结果排连连。

　　妹你想吃甜甜果，把花移到屋檐前。

女：三句花欢唱同年，好花结果房后边。

　　朵朵鲜花都艳丽，孤独娇妹没有缘。

男：三句欢花回同年，架上好花朵朵鲜。

　　如果小妹有情意，就和阿哥结良缘。

女：四句欢花唱同年，要记当时初相连。

　　此时鲜花是好看，再过两年花不妍。

男：四句欢花回同年，遍地鲜花一样妍。

　　鲜花怎比娇妹美，叫妹莫把别人连。

女：五句花欢唱同年，朵朵红花枝上鲜。

　　妹命不好难欣赏，好花枝上自鲜妍。

男：五句花欢回同年，枝上柳花哥想连。

　　连到骨肉在一起，连到鲜花并蒂妍。

女：六句欢花唱同年，春来树角花也鲜。

　　命苦小妹也去赏，并蒂鲜花入眼帘。

男：六句欢花回同年，树角开花一样鲜。

　　情妹如果有心意，摘朵鲜花挂胸前。

女：七句花欢唱同年，好花留给情哥先。

　　如果有福又有财，请哥守斋待妹连。

男：七句欢花回同年，不知妹你可留言？

　　好话哄哥就算了，哥我心寒到天边。

女：八句花欢唱同年，你瞧乔麦两春天。

　　好花留给情哥你，不知情哥心可甜。

男：八句花欢回同年，阿哥的心实在甜。

　　如果这样还讲啥，今世难找好姻缘。

女：九句花欢唱同年，还待田中稻浪掀。

　　鲜花艳丽妹更美，叫哥莫把别人连。

男：九句欢花回同年，妹的功劳大过天。

上天写书传下来，就叫我俩结良缘。

女：十句花欢哥莫嫌，莫要留妹冷心间。

邀哥结对进山里，莫要缩脚不敢前。

男：十句回花哥不嫌，妹莫忧愁在心间。

哥我看你如山重，情意比金重万千。

女：正月太阳挂天边，妹我心中好安然。

架上鲜花实在美，妹邀阿哥去花园。

男：正月太阳挂天边，哥我心中爱绵绵。

架上春花多艳丽，哥和情妹永相连。

女：二月太阳照天边，蜻蜓花开好齐全。

好花开在西天里，小妹没有福与缘。

男：二月太阳照天边，蜻蜓花开朵朵鲜。

赏花碰见娇娥妹，哥在心中求苍天。

女：三月太阳照山前，牡丹花开白连连。

牡丹花开朵朵美，小妹和哥耍花间。

男：三月太阳照山前，同妹赏花把手牵。

架上鲜花开并蒂，妹可有意把哥连？

女：四月太阳照山间，山前山后百花妍。

我俩有福有缘分，真心相连千万年。

男：四月太阳照山间，蜻蜓花开也齐全。

别人赏花哥不去，等待情妹把手牵。

女：五月太阳照花园，与哥同守牡丹前。

牡丹朵朵白如雪，与哥同坐牡丹园。

男：五月太阳照花园，乌桕花开一样妍。

早已邀请小妹妹，成双成对进花园。

女：六月太阳热气掀，山前格树花正妍。

妹与情哥同去找，格树花前碰哥肩。

男：六月太阳热气掀，格树花开在山颠。

早已吩咐乖乖妹，等哥成对去山前。

女：七月太阳热浪掀，木槿花开后花园。
　　我俩有福和缘分，有心相守一百年。

男：七月太阳热浪掀，木槿花开朵朵鲜。
　　朵朵鲜花都好看，相邀情妹去花园。

女：八月太阳照垅前，房后麦花耀眼帘。
　　麦花朵朵白如雪，妹和情哥把手牵。

男：八月太阳照垅间，乔麦花开耀眼帘。
　　阿哥邀请乖乖妹，同赏鲜花麦地前。

女：九月太阳暖心田，莫要死受牡丹前。
　　我俩同心进山里，与哥连情在山间。

男：九月太阳暖心田，河边杨柳花也妍。
　　若能连得乖乖妹，什么能比哥心甜。

女：十月太阳照心田，第一我俩有姻缘。
　　再三吩咐情哥你，要同小妹共成仙。

男：十月太阳照心田，第一我俩有情缘。
　　再三吩咐娇娥妹，我俩连情千万年。

第三节　种田歌

男：人说妹有好多田，是否想卖赚点钱。
　　卖田就给哥哥我，卖地就给别人先。

女：夜晚无灯照房间，小妹心中恨绵绵。
　　家中没有田和地，种苗还望哥给田。

男：人传妹有好多田，是否要卖小半边。
　　卖田就给哥哥我，当田就给别人先。

女：小妹有块杂草田，哥你有心就来连。
　　哥你有钱就得到，还没认定哪家田。

男：小妹有块杂草田，妹田早被别人圈。
　　有金也难买得到，妹已与人结良缘。

女：小妹有块泉水田，水草螺蛳满田间。

　　哥你有牛就耕种，岁月流逝不等闲。

男：小妹有块泉水田，哥牛难进妹田间。

　　乖妹已是人家嫂，阿哥白望却无缘。

女：妹在远处种块田，想去看水没时间。

　　见到人人都要问，妹田可有水来淹？

男：妹在远处种块田，哪用看水废时间。

　　妹的田基封得稳，细水长在田中淹。

女：妹种块田水塘边，一场洪水冲妹田。

　　只见田中犁痕印，不见肥泥把禾粘。

男：洪水冲田莫慌先，田下有层灰泥连。

　　妹挑肥料田中撒，金谷照样满田间。

女：妹种一块宽口田，被水冲与山塘连。

　　莫怪禾苗不生长，没有肥水在田间。

男：洪水冲田莫慌先，田下有层黄泥连。

　　妹挑肥料田中撒，金谷油亮满田间。

女：妹种块田在岭边，但拿秧苗撒田间。

　　种得田来无收获，费妹功劳有谁怜？

男：妹种块田山槽间，有座水塘在旁边。

　　大河有水灌不到，哥开塘水浇妹田。

女：河水不进妹的田，水渠干涸妹这边。

　　恐怕挖沟不清楚，为何阻误许多年？

男：引水就要引进田，不让干涸哪一边。

　　妹开水口来等待，河水灌进妹田间。

女：哥有块田在塘边，天天不顾也枉然。

　　宁愿丢荒不给妹，白白浪费好水田。

男：哥想种田妹塘边，天天都想去顾田。

　　去到田边妹不理，阿哥难跑回家园。

女：大山脚下有甘泉，随便情哥来种田。

　　小妹吩咐情哥你，和你一起建家园。

男：三座大山都相连，中间一座有清泉。
　　哥想挖沟去引水，又怕泉水不常年。

女：小妹有田在山前，丛生杂草水田间。
　　哥你有牛就耕种，稻谷连片铺满田。

男：三座大山都相连，中间一座水涟涟。
　　哥想挖沟去引水，又怕流水不常年。

女：小妹有田在山前，杂草长满水田间。
　　哥你有牛就来种，稻谷连片铺满田。

男：哥想山下种块田，又怕恶木根缠绵。
　　田中无数小石块，这样怎能有吃穿。

女：稻田开在水坝前，最后那块水涟涟。
　　妹的田基础不稳，肥水流进别人田。

男：稻田开在水坝前，不见情妹到田边。
　　情妹不和哥相好，肥水才进别人田。

女：妹田是块沙土田，大雨过后水不淹。
　　不像哥田是实土，肥水长流在田间。

男：杀鸡供社求苍天，社王不把哥话传。
　　哥的稻田全望雨，天不下雨浇哥田。

女：两个水口一块田，一个田基把它连。
　　只因田多管不到，到头还是边旱田。

男：哥田没有水口连，三尺清水漫田间。
　　哥田就在村前面，年收三次是良田。

女：乌云密布卷天边，大雾茫茫挂山前。
　　坝前水田哥不顾，一心只管望天田。

男：天边大雨落眼前，哥叫情妹求女仙。
　　坝前水田哥要顾，无心去管望天田。

女：哥有水田清泉边，岁收两稻是良田。
　　桥头旱田小妹种，只种一苗还望天。

第四节　告状歌

女：告状首句讲哥听，出来十个公差人。
　　官拿状文出来念，乖哥排在头一名。

男：回状首句讲妹听，手拿笔杆诉真情。
　　告状告到州府里，也要跟妹结成亲。

女：告状二句讲哥听，跪在官前求大人。
　　官拍桌子嘭嘭响，我叫情哥莫惊心。

男：回状二句讲妹听，哥拿状纸进官厅。
　　官爷绑哥去关了，情妹可敢跟哥行。

女：告状三句讲哥听，妹上堂前闹官厅。
　　大官将案作公案，我叫情哥莫烦心。

男：回状三句讲妹听，哥上堂前闹官厅。
　　小妹如果有公案，阿哥跟随妹同行。

女：告状四句讲哥听，妹拿状纸进官厅。
　　官爷绑哥去关了，小妹跟背送粮银。

男：回状四句讲妹听，小妹千记跟我行。
　　官爷绑哥关了去，妹你不敢去救人。

女：告状五句讲哥听，官守城门不放行。
　　官将我俩绑了去，我叫情哥心莫惊。

男：回状五句讲妹听，官守城门不放行。
　　官爷将我关城里，叫妹求官快放人。

女：告状六句讲哥听，提督断案不分明。
　　大官断案不清楚，告到朝廷也要赢。

男：回状六句讲妹听，提督断案分得明。
　　大官断案得清楚，告到朝廷枉费心。

女：告状七句讲哥听，留妹街中孤伶伶。
　　街中无人来卖饭，饿得小妹泪淋淋。

男：回状七句讲妹听，不留乖妹孤伶伶。
　　哥与乖妹同作伴，成双成对去朝廷。

女：告状八句讲哥听，官爷踢你莫伤心。
　　手握雕花大砍刀，进牢叫官快放人。

男：回状八句讲妹听，官爷踢你会伤心。
　　手握雕花大砍刀，妹也不敢见我人。

女：告状九句讲哥听，妹等情哥来成亲。
　　去到官前久久站，敲打铜钟等亲人。

男：回状九句讲妹听，小妹怎会等哥亲。
　　哥被官爷关牢里，妹也不敢近我身。

女：告状十句讲哥听，大官堂上坐头名。
　　桌子拍得嘭嘭响，不让小妹近哥身。

男：回状十句讲妹听，大官堂上坐头名。
　　莫怕桌子拍得响，要你阿哥回家庭。

女：一条锁练百二斤，小妹见多心不惊。
　　十二岁时就经受，扔过头顶还却轻。

男：一条锁练百二斤，说来哥心有点惊。
　　如果扔不过头顶，这就坏了妹功名。

女：妹请状师诉冤情，不要考虑无钱银。
　　为救我的好情侣，给银在先也欢心。

男：妹请状师诉冤情，不要乖妹出钱银。
　　如果和妹有缘分，要哥出来建家庭。

女：妹请状师诉冤情，不要考虑无钱银。
　　去赎情哥回家里，和哥携手建家庭。

男：妹请状师诉冤情，妹的恩情比海深。
　　如果妹你有情意，天摇地动莫变心。

女：都说越告越有情，妹问阿哥可有心？
　　官爷把妹绑去了，阿哥敢保我能赢？

男：往上告状到州府，往下告到县官厅。
　　告到官爷服了愿，哥和情妹心连心。

女：都说越告越有情，我问阿哥赢不赢。
　　官爷绑妹去关了，阿哥可敢跟我行？

男：往下告状到州府，往上告状到朝廷。

　　告得天下不安定，要带小妹回家庭。

女：都说越告越有情，我问阿哥真不真。

　　如果小妹坐牢了，阿哥可敢近我身。

男：往下告状到州府，往上告状到朝廷。

　　哪怕告到皇殿里，要带小妹回家庭。

女：告地告田告得赢，告得回家有钱银。

　　告妹回到哥家里，恐有冤仇似海深。

男：告地告田告得赢，告得回家有钱银。

　　告得乖妹回家里，共建家庭抵万金。

　　——以上摘自《象州壮欢山歌》（中国人民政治协商会议象州县委员会．覃九宏．象州壮欢山歌．中国文化出版社，2015.11）

第六编　巴马情歌选录

第一节　鸡叫歌（壮族）
（五字勒脚调）

女：

壮话：同能腾鸡很，照闷沦八龙，

　　　力询而拾冲，托断了往汝，

　　　真否累各假，么那立托见，

　　　同能腾鸡很，照闷沦八龙，

　　　合号共回结，哥丕嫂立龙；

　　　力询而拾冲，托断了往汝。

汉译：同坐到鸡叫，夜色仍茫茫；
　　　还有话要讲，讲完心欢畅。

　　　连情莫假恋，鸾还见凤凰；
　　　同坐到鸡叫，夜色仍茫茫；

　　　心喊三声爱，哥走妹牵肠；
　　　还有话要讲，讲完心欢畅。

男：
壮话：双缝双抓后，求百鸡八很；
　　　双缝双抓银，求闷沧八龙。

　　　双排冈后心，各陈否曾够；
　　　双缝双抓后，求百鸡八很。

　　　求弄脸慢彩，双排立各陈；
　　　双缝双抓银，求闷沧八龙。

汉译：两手两抓米，求鸡别啼叫；
　　　两手两抓银，求天莫破晓。

　　　双方话合心，相亲难分槽；
　　　两手两抓米，求天莫破晓。

　　　求月亮慢走，我们还相邀；
　　　双手双抓银，求天黑莫晓。

女：
壮话：鸡很走台一，儿笔甲儿汉；

栏龙十解散，给侬旁部面？

恩情迷也地，恩义娄也丢；
鸡很走台一，儿笔甲儿汉。

江玩龙东方，龙脸龙同站；
栏龙拾解散，给侬旁部面。

汉译：鸡叫第一遍，鸭子别了鹅；
　　　天亮就分窝，叫妹跟谁乐？

恩情深也抛，恩义高也割；
鸡叫第一遍，鸭子别了鹅。

太阳升东方，月亮西山落；
天亮就分窝，叫妹跟谁乐？

　　　　　　男：
壮话：鸡很走台一，叶肥皮忐果；
　　　侬冈话特合，可而累否冲。

各陈礼平谊，恩义平否丢；
鸡很走台一，叶肥皮忐果。

比年不否到，娄曾劳朝作；
侬冈话特合，可而累否冲。

汉译：鸡叫第一遍，树叶摇晃晃；
　　　妹讲话合意，离去哥不放。

相恋这样迷，恩义本不忘；
鸡叫第一遍，树叶摇晃晃。

岁月去不返，顿失青春样；
妹讲话合意，离去哥不放。

女：

壮话：鸡很走台二，巴立甲巴纳；
儿落敏巫查，丢儿巴彩肥。

莫那匀各陈，难累见合计；
鸡很走台二，巴立甲巴纳，

沧否累托学，王着样介马；
儿落敏巫查，丢儿巴彩肥。

汉译：鸡叫第二遍，别地又别田；
鸟儿归窝住，蝴蝶丢草间。

往后想再恋，难得见哥面；
鸡叫第二遍，别地又别田。

哥妹不相恋，世间图哪桩？
鸟儿归窝住，蝴蝶丢草间。

男：

壮话：鸡很走台二，半皮否冲缝；
打停淋腾闷，缝根缝否冲。

肉托近托林，皮金腾是七；

鸡很走台二，半皮否冲缝。

而心吉心艾，皮立采长云；
打停淋腾闷，缝根缝否冲。

汉译：鸡叫第二遍，恋妹到天荒；
　　　哪怕水淹天，手抓手不丢。

　　　相处在近邻，哥常去莫忧；
　　　鸡叫第二遍，恋妹恋到头。

　　　别心懒意恢，哥常去解愁；
　　　哪怕水淹天，手抓手不放。

女：

壮话：鸡很走台三，果甘甲果东；
　　　伏累外亚同，侬昆半腮合。

　　　别志闷立合，力皮独陈栏；
　　　鸡很走台三，果甘甲果东。

　　　娄当部当亚，别可结十送；
　　　伏累外亚同，侬昆半腮合。

汉译：鸡叫第三遍，柑果别腊橙；
　　　哥跟别人游，妹断半喉咙。

　　　若天公约合，哥妹共家庭；
　　　鸡叫第三遍，柑果别腊橙。

各人各归窝，哥疼妹就送；
别人双游洞，妹断半喉咙。

男：

壮话：鸡很走台三，心立晚托学；
　　　昙彩永彩洛，立朋么色昙。

　　　福天艾福地，力义社丕难；
　　　鸡很走台三，心立晚托学。

　　　旦托良生美，可立结立着；
　　　玩彩永彩洛，立朋么色玩。

汉译：鸡叫第三遍，心还爱相连；
　　　离别走太远，会有日会面。

　　　福满或福地，恩义留长远；
　　　鸡叫第三遍，心还爱相连。

　　　只要遵诺言，哥还连不断；
　　　离别走多远，还有日会面。

女：

壮话：鸡很走台四，老立甲江昙；
　　　淋达雷托龙，难见昙累到。

　　　谈否通冈朵，哥部快良力；
　　　鸡很走台四，老立甲江昙。

　　　腾沦匀托任，来信也否东；

淋达雷托龙，难见昙累到。

汉译：鸡叫第四遍，星星别日头；
　　　河水去悠悠，难见回头流。

　　　话不必讲透，哥乖滑如油；
　　　鸡叫第四遍，星星别日头。

　　　过后想再认，写信也难投；
　　　河水往下流，难见回头流。

　　　　　　男：
壮话：鸡很走台四，恩义本否冷；
　　　旦侬重长云，力朋名色没。

　　　后告尼巫浪，立结腾合计；
　　　鸡很走台四，恩义平否冷。

　　　别结嫂立任，定来信巫名；
　　　旦侬重长云，力朋名色没。

汉译：鸡叫第四遍，相恋情更稠；
　　　妹你常放线，鱼还会上钩。

　　　从今离别后，记妹在心头；
　　　鸡叫第四遍，相恋情更稠。

　　　若妹情不丢，就来信给友；
　　　妹你常放线，鱼还会上钩。

女：

壮话：鸡很走台五，儿巴甲儿笔；
　　　话冈礼本谊，才名仪学合。

　　　询话定心头，腾昙而见那；
　　　鸡很走台五，儿巴甲儿笔。

　　　叔比年否论，各陈也否迷；
　　　话冈礼本谊，才名仪学合。

汉译：鸡叫第五遍，蝴蝶别蜻蜓；
　　　谈情乐津津，哥哥惦在心。

　　　等哥话定心，何日见芙蓉？
　　　鸡叫第五更，蝴蝶别蜻蜓。

　　　若推迟连亲，枉度了青春；
　　　谈情乐津津，由哥惦在心。

男：

壮话：鸡很走台五，才侬达叔舍；
　　　累故皮拾着，伴可本否号。

　　　别侬偶良心，腾沧漫各话；
　　　鸡很走台五，才侬达叔舍。

　　　朝云兹肥射，社了只代洛；
　　　累故皮拾着，伴可本否号。

汉译：鸡叫第五遍，由妹心掌舵；

照顾哥就谢，哥本没乱说。

若妹心想合，巧手织缎罗；
鸡叫第五遍，由妹心掌舵。

人生像莞树，老了就枯落；
照顾哥就谢，哥本莫乱说。

女：
壮话：鸡很走台六，果竹甲果外；
　　　相腾皮同才，农结代合淋。

　　　花到天忐周，侬巫右否竺；
　　　鸡很走台六，果竹甲果外。

　　　官梁山后哈，沧漫甲英台；
　　　相腾皮同才，农结代合淋。

汉译：鸡叫第六遍，金竹别楠竹；
　　　见哥才满肚，妹死也瞑目。

　　　头上花娇娇，摇不落想哭；
　　　鸡叫第六遍，金竹别楠竹。

　　　山伯进学府，别英台攻书；
　　　见哥才满肚，妹死也瞑目。

男：
壮话：鸡很走台六，种竹十门平；
　　　几询哥几等，给农旁丕难。

花稔开丁犁，汉脸四曾竺；
鸡很走台六，种竹十门平。

小尼礼文龙，力迷昙他门；
几询哥几等，给农旁巫难。

汉译：鸡叫第六遍，种竹盼成林；
句句哥叮咛，望妹伴终身。

坡边稔花开，过四月落红；
鸡叫第六遍，种竹盼成林。

肖尼与文龙，终有日相碰；
句句哥叮咛，望妹伴终身。

女：

壮话：鸡很走台七，花信甲花外；
嫂想名竺耐，良否才合元。

农想话皮达，内腊内当吉；
鸡很走台七，花信甲花外。

儿凤到丕东，儿龙到丕海；
嫂想名竺耐，良否才合元。

汉译：鸡叫第七遍，樱花别棉花；
妹连哥自搭，无才难成家。

妹思哥的话，越想身越麻；
鸡叫第七遍，樱花别棉花。

金凤飞向东，青龙归海涯；
妹连哥白搭，无才难成家。

男：

壮话：鸡很走台七，心皮重来来；
盯嫂八竺耐，皮立彩很龙。

开各洛三卡，立拉腾独百；
鸡很走台七，心皮重来来。

累询话侬最，心可开笨外；
盯嫂八竺耐，皮立彩很龙。

汉译：鸡叫第七遍，哥心情更浓；
虽然妹呕心，哥还探芙蓉。

开成路三条，定找到芙蓉；
鸡叫第七遍，哥心情更浓。

得乖妹句话，心花像桃红；
虽然妹呕心，哥还探芙蓉。

女：

壮话：鸡很走台八，花麦甲花犁；
双排修心礼，立迷昙托朋。

来询话巫盯，娄各陈长业；
鸡很走台八，花麦甲花犁。

江昙汉巫故，力肉沙龙力；

双排修心礼，立米昙托朋。

汉译：鸡叫第八遍，李花别梨花；
　　　双方心不悔，相会期更佳。

　　　寄语给哥听，连情连到家；
　　　鸡叫第八遍，李花别梨花。

　　　太阳虽先行，还等莹火花；
　　　双方心不变，相会期更佳。

　　　　　　　男：
壮话：鸡很走台八，重业沙英台；
　　　侬结皮来来，学代偶拾元。

　　　别托甲到丕，可立结立念；
　　　鸡很走台八，重业沙英台。

　　　别笨而丕官，命可换嫂乖；
　　　侬结皮来来，学代偶拾元。

汉译：鸡叫第八遍，情愿等英台；
　　　哥对妹真爱，形影难分开。

　　　今夜离别去，时时念在怀；
　　　鸡叫第八遍，情愿等英台。

　　　妹在哥同在，死了共棺材；
　　　哥对妹真爱，形影难分开。

　　　　　　女：

壮话：鸡很走台九，果母甲果贺；
　　　朝肥很彩坡，良哥否累故。

　　　梁山礼英台，腾彩立玩驴；
　　　鸡很走台九，果母甲果贺。

　　　五五二十五，难累话后合；
　　　朝肥很彩坡，良可否累故。

汉译：鸡叫第九遍，葱花别大蒜；
　　　妹生火坡边，量哥添柴难。

　　　山伯连英台，后来鸳鸯散；
　　　鸡叫第九遍，葱花别大蒜。

　　　五五二十五，难估哥心肝；
　　　妹生火坡边，量哥添柴难。

　　　　　　男：

壮话：鸡很走台九，漫故沙文龙；
　　　各买十八冬，沙文龙各户。

　　　托买十各同，心猛十各户；
　　　鸡很走台九，漫故沙文龙。

　　　小尼礼否产，修虽沙文龙；
　　　各买十八冬，沙文龙各户。

汉译：鸡叫第九遍，看家等文龙；

守寡十八冬，等文龙成双。

相敬做老同，心同配终身；
鸡叫第九遍，看家等文龙。

肖尼实在好，辛劳等文龙；
守寡十八冬，等文龙成双。

　　　　女：
壮话：鸡很走台十，见龙立扣廷；
　　　询彩百彩令，用信闹皮呐。

　　　询礼娄同念，话旁边同丢；
　　　鸡很走台十，见龙立扣廷。

　　　伴嫂心兹云，老排名否正；
　　　妹心铁钉板，用信闹皮呐。

汉译：鸡叫第十遍，见龙恋深潭；
　　　人嘴边流言，哥莫记心间。

　　　好话同思念，恶言丢一边；
　　　鸡叫第十遍，见龙恋深潭。

　　　妹心铁钉板，只怕哥心偏；
　　　人嘴边流言，哥莫记心间。

　　　　男：
壮话：鸡很走台十，念恩情漫彩；
　　　话恶百斗外，匀吉怪各而。

等嫂乖罗要，外辽介八丢；
鸡很走台十，念恩情漫彩。

风流天下有，娄平否心艾；
话恶百斗外，匀吉怪各而。

汉译：鸡叫第十遍，边思情边走；
话已经出口，怪妹枉脸愁。

劝妹收好耙，闲时莫乱丢；
鸡叫第十遍，边思情边走。

风流天下有，情网莫要收；
话已经出口，怪妹枉脸愁。

女：

壮话：托甲辽花梨，托拆辽花外；
口闷龙达来，当仆外当吉。

恒沦娄同肉，刚后故才血；
托甲辽花梨，托拆辽花外。

分汰各双方，分朋各双排；
口闷龙达来，当仆外当吉。

汉译：离别了玫瑰，分手了棉花；
此刻天大亮，各走各天涯。

昨夜话通宵，聊久身也麻；
离别了玫瑰，分手了棉花。

隔河两边站，隔山两边扎；
此刻天大亮，各走各天涯。

男：

壮话：一等支花门，二等支花古；
　　　等二三部初，漫故土外朝。

　　　三吾军肥娄，结匀叶礼美；
　　　一等支花门，二等支花古。

　　　合号盯只回，嫂巫巴冷土；
　　　等二只部初，漫故土外朝。

汉译：一嘱白李花，二嘱红牡丹；
　　　嘱咐你同伴，照顾哥终年。

　　　三月砍枫枝，采叶喜连连；
　　　一嘱白李花，二嘱红牡丹。

　　　心喊三声恋，藕去莫丢莲；
　　　嘱咐你同伴，照顾哥中年。

　　附记：壮族青年男女在办喜酒对歌到深夜十二点钟之后，也就是鸡叫之后，常常借鸣啼声来抒发离情别意，难舍难分，听者也醉入情网之中。

第二节　结情歌（壮族）
（七字勒脚调）

壮话：双娄结情告合一，皮兹独笔肉内淋；
　　　腊到双边否见旁，遥农给皮旁挂而雷？

汉译：我俩结情第一回，哥像鸭仔游河中；
　　　望两头不到岸，　妹你叫哥往哪冲？

壮话：恒皮赶洛真浮分，层碰龙脸礼老立；
　　　四月淋雾龙巴独，结到各户了嫂浪。

汉译：哥赶夜路孤零零，不见月明和星辉；
　　　四月雾水满坡飞，真想跟妹结成对。

壮话：双娄结情告台二，巫力巫那东结腾；
　　　恩伞忐楼各对提，八舍双土丕其么。

汉译：我俩结情第二回，耕田犁地总想妹；
　　　楼上雨伞两人用，若妹丢哥谁来陪？

壮话：产依偶信斗着缝，巫忐巫忑东立任；
　　　旦嫂重心龙亚沙，六劳忑达可立浮。

汉译：问妹信物放哥手，走南闯北记心内；
　　　只要侬妹耐心等，河中大船去还回。

壮话：双娄结情告台二，皮兹独汉内浪利；
　　　莫那眉福君眉忆，定偶友义斗造栏，

汉译：我俩结情第三回，哥似白鹅水上飞；
　　　等到有日哥富贵，一定娶妹这枝梅。

壮话：三八英台丕后哈，否曾托哈丕造栏；
　　　刚腾询尼各侬沦，八给龙脸战龙立。

汉译：山伯英台进学堂，可惜鸳鸯不相配；
　　　知心话儿讲给妹，莫让明月求星辉。

壮话：双娄结情告台四，恩情恩义介八冷；
　　　名侬礼故皮腾志，双娄同栏千礼觉。

汉译：我俩结情第四回，爱情恩义永不吹；
　　　妹要顾哥顾一辈，共建家业才完美。

壮话：侬给封信果牡丹，皮到丕栏心欢意；
　　　皮兹恩六江谷陆，娄部故部否给冷。

汉译：妹拿信物给牡丹，哥赶回家笑弯眉；
　　　好比划船碰旋涡，有妹掌舵不怕危。

壮话：双娄结情告台五，连内侬达曾造栏；
　　　结礼各对造栏哽，别否平仁也否怨。

汉译：我俩结情第五回，连得阿妹跟哥归；
　　　同妹成家哥心醉，若不成名不怨谁。

壮话：买辽双数各对初，立差双勿哭公牙；
　　　旦嫂冈化否曾变，半皮立想沙侬名。

汉译：早闻俩妹想结双，就等哥俩来相配；
　　　只要侬妹心不悔，哥的花园等妹围。

壮话：双娄结情告台六，侬八选丁王造栏；
　　　勒王立战拉加桑，皮给牡丹介八散。

汉译：我俩结情第六回，妹莫转身另高攀；
　　　人家坚守高山巅，劝你牡丹别解散。

壮话：栏嫂眉给介八哽，慢偶恩原丕托龙；
　　　吉桑吉低眉吉度，介八干故拜云南。

汉译：妹家有鸡莫杀光，别把恩义弃耳旁；
　　　树高树低凤可站，别在广西想云南。

壮话：双娄结情告台七，双排偶意斗作当；
　　　好比否合礼造栏，条分忐当当可立。

汉译：我俩结情第七遍，交换信物在手上；
　　　若到最好不成亲，信物在身不相忘。

壮话：双娄结情可侬达，定呆丕那东立念；
　　　丕求八仙各侬达，否给令那而君难。

汉译：我俩结情了阿妹，死去变鬼也认亲；
　　　去求八仙开大恩，不给相亲理不容。

壮话：双娄结情告台八，慢各三八礼英台，
　　　变哈果了洛果快，三八英台立眉故。

汉译：我俩结情第八回，怕像山伯恋英台；
　　　妹嫁给人哄哥在，山伯英台两拆开。

壮话：老忆名侬否匀仁，恒皮后睡东立义；
　　　半哥流浪否部故，门名照顾象仁来。

汉译：怕妹做人不成人，哥睡不着眼发呆；
　　　哥像流浪无人爱，一门心思等妹来。

壮话：双娄结情告台九，打定各户拉江玩；
　　　卡桥黄河架三层，部彩很龙而仗挨。

汉译：我俩结情第九回，鸾凤成双日下飞；
　　　黄河大桥真雄伟，行人来往笑微微。

壮话：皮斗忑闷否欢容，可朋部名斗照顾；
　　　勒勿各户眉福忆，半皮乃口淋打龙。

汉译：哥生在世不欢容，等妹照顾才展眉；
　　　人家有福喜相配，阿哥空看泪自飞。

壮话：双娄结情告台十，定提字命斗同拜；
　　　否山玉帝了侬乖，双娄几来东各户。

汉译：我俩结情第十遍，不靠八字定婚姻；
　　　不求玉帝赐天恩，几多风险也要连。

壮话：双娄结情介八艾，栏寇栏哈介八立；
　　　双娄十重拜天地，求三玉帝龙斗拜。

汉译：我俩结情莫拖延，旧房茅屋不弃嫌；
　　　哥妹同心拜天地，请来玉帝坐酒筵。

第三节　离别嘱咐歌（壮族）

（七言六句勒脚调）

男：一嘱白斗和七星，同在天空亮晶晶，
　　莫作一闪一个亮，待到明日同时沉。
　　初旬月光照四方，照明天下得安宁。

女：哥你有心来修斋，妹煮豆腐在当街，
　　哥你专心照顾我，衣袖挥云把日盖。
　　嘱哥专心和妹亲，妹造凉亭等哥来。

男：一嘱蛟龙等春潮，春雷一响得翻腰，
　　龙王海底来相会，游见清泉记回朝。
　　嘱咐玉龙和蛟龙，相亲相爱等海涛。

女：哥做神仙志不移，妹到大海砌墙基，
　　大海城墙砌好了，我俩相爱不分离。
　　磨斧磨刀要磨利，砍掉月中丹桂树。

男：一嘱二嘱观音凤，莫去京都先造宫，
　　两地会合相思念，县衙座位不留空。
　　妹似太阳从东起，哥起得晏不相逢。

女：八月十五光明照，船中等雨起浪潮，
　　哥你有心来陪伴，妹撑船舵镇波涛。
　　妹定等哥来当家，燕子逢春才垒巢。

男：一嘱二嘱棉纱果，线转来回靠纱梭，
　　线绞纱梭须公道，纱机纱梭两结合。
　　纱梭带线来回转，一环一扣莫丢脱。

女：哥你认真念诗经，易字难字要记清，
　　哥把诗经背熟了，必定金榜题大名。
　　门前河流水清清，鱼虾游戏动妹心。

男：一嘱牡丹红梅花，莫给旁树遮枝桠，
　　二嘱滩头鲤鱼跳，游来游去记还家。
　　牡丹莫断红梅义，等到春暖慢长芽。

女：皇帝老爷换衙门，高山哪能调位座，
　　太阳月亮落又起，双黄鸡蛋有不多。
　　金鸡凤凰成双对，妹下决心等阿哥。

男：嘱咐金鸡别匆忙，凤凰还转在高山，
　　叮咛银燕鸡王鸟，切莫高飞碰罗网，
　　千叮万嘱你妹乖，话多话少你包涵。

女：哥读诗书在少年，十七十八中状元，
　　嘱哥用心写文章，考中状元才相连。
　　哥写文章要写好，易字难字想在前。

第四节　嘱绣花匠歌（壮族）
（七言六句勒脚调）

男：十嘱花匠绣金花，用心来绣得功名，
　　八分九分靠别人，衣袖挥云见光明，
　　谁家孩子读书少，再到怀远写呈文。

女：正月初一盼金花，妹等哥来才当家，
　　哥要专心来照顾，我俩成对度年华，

哥你有心常来往，生死我俩共一家。

男：二嘱花匠绣春花，绣在手中莫倾斜，
　　成帝成王由天定，命里不合也无法，
　　太阳下山有回期，哥想和妹共一家。

女：哥你有意妹有心，绣朵春花表爱情，
　　双方言语正投合，妹等哥到才结亲，
　　太阳西落东又起，月亮常年伴七星。

男：三嘱巧手绣银花，绣花不成手不放，
　　江南两广风光好，想和妹你去游洋，
　　嘱你绣朵紫色花，绣在府中莫抖扬。

女：哥你若果真心爱，妹绣银花等哥来，
　　光说空话无凭据，绣个荷包送哥乖，
　　真心实意交朋友，妹绣双鱼给哥猜。

男：四嘱花匠在彩楼，怀远街上绣丝绸，
　　娇娥妹你从今后，好比龙王泉里游，
　　金花银花要绣好，绣不结实不罢休。

女：哥你有意就讲明，别做三心二意人，
　　真心实意结成对，妹绣朵花定个情，
　　哥你有心种牡丹，明年开花就结亲。

男：五嘱天下巧绣手，耐心缘分会相合，
　　新恩恋念朋友意，好比泉井泛涟波，
　　九四同年京都会，凤在高山垒造窝。

女：哥你若讲真心话，妹绣牡丹配锦花，
　　哥你真心做合兰，生活甘苦妹不查，
　　哥你有心陪伴妹，妹留船舵给哥拿。

男：六嘱绣的摆动花，绣花未成莫倾斜，
　　山上树木天地拜，哥妹各自在天涯，
　　我俩耐心绣绒花，你莫灰心花才发。

女：八月十五桂花开，妹晒棉花等哥来，
　　双方恋情正合意，妹绣银花送哥乖，
　　但哥有心来相爱，我俩同把棉花栽，

男：七嘱花匠绣莲花，绣朵莲花送给咱，
　　二月三月花正艳，朋友来往胜一家，
　　哥嘱妹话要记住，糟糠和米不能杂。

女：哥的话儿记得清，绣朵菊花送人情，
　　此时双方讲真话，哥拿碗水要端平，
　　和哥相处得欢乐，好比北斗配七星。

男：花匠八绣满乐花，相思相恋就传话，
　　以后各自一方去，如针别线乱如麻，
　　相恋相合情意美，远走高飞就无法。

女：哥说真话就直言，妹有心意和哥连，
　　只要我俩同心恋，无油无盐也清甜，
　　树绞藤来藤绞树，家庭寒苦妹不嫌。

男：九嘱花匠绣梨花，开在枝头得相见，
　　从今以后贵娇娥，别处相见也枉然，

现在年轻两相思，过后分离各地天。

女：我俩并排城上走，妹绣稳花给朋友，
　　哥你有心来顾妹，妹愿单身等哥游，
　　但愿姻缘两相合，妹引泉水灌田头。

男：绣山苍花十噶了，想念老表就往来，
　　妹若放手哥无奈，双方有话心头埋，
　　恩情本是天上星，照明大地多得爱。

女：哥你有心等妹来，天生地和同心怀，
　　哥你有意莫戏妹，同去砍树做竹排，
　　哥你有布给妹裁，妹缝合身哥定爱。

第五节　哥讲妹是哥知音 （瑶族）

哥讲妹是哥知音，
妹讲哥是妹心人；
一双布鞋表妹情，
一条头巾表哥心；
妹接头巾哥接鞋，
妹想哥来望头巾。

第六节　信物歌 （瑶族）

信物歌是布努瑶男女青年恋爱的主要媒介，以银信为最珍贵。银信是用银子打造的手镯、银针、项圈、银珠、银链等物品。这些物品是父母事先为子女准备好的。男女双方在歌节和婚嫁喜事等场合上认识后，再通过数夜通宵达旦地对唱撒旺、撒著歌，双方产生爱慕之情，在难舍难分的临别之际，用歌的形式来询问对方要信物作留念。有男的先问女的要，也有女的先问男的要。先问信物的一方是这样唱的：

我游千座山头去寻找画眉鸟，
只见一只在树梢上拍翅委婉地歌唱。
我想捉它回家去笼养，
可是它边唱边把头摇。
它啼叫说我家缺乏金竹做的鸟笼，
它啼叫说我家缺少挂鸟笼的树梢。
我发现万只蜜蜂去采花攀梁，
它们辛勤配制蜜糖多么香甜。
我想捕捉一桶去家养，
可是它嗡嗡地叫唱，
说我家冬天缺少温暖的蜂房，
说我家夏天缺少花粉飘香。
我游遍千条碧绿的江河，
发现千千万万只鱼儿在游畅，
我想捉一只金鱼去家养，
我想捉一只鲤鱼去放塘。
可是鱼儿跃出水面回声，
说我家住在山崖无水养，
说我家住在弄场缺少长流的水塘。
我爬遍千座山头白崖去寻找蛤蚧，
发现一只在崖洞里叫唱。
我想捉一只回家去放笼养，
可是蛤蚧举头"卡角"地叫嚷：
说我家缺少牢固的铁笼，
说我家缺少安静的地方。

当对方听到这试问要信物的撒旺歌时，就接着唱道：

> 只要养鸟的主人有心去捉画眉鸟，
> 它会向你点头和微笑。
> 你家有金竹做的鸟笼，
> 你屋有四季常春的树梢，
> 它要住在你家的金竹笼，
> 它要悬挂在你家的屋旁啼叫。
> 只要养蜂的主人捉到了蜂王，
> 千只蜂儿会聚拢到它的身旁，
> 它会安居在你家的暖房，
> 它会给你酿成甜甜的蜜糖。
> 只要捉到河里的金鱼，
> 山崖无水天下雨来养，
> 只要你捉到江里的鲤鱼，
> 洞场无水自有清泉来流淌。
> 只要养蛤蚧的主人捉到了蛤蚧王，
> 成双成对的蛤蚧会涌到你的屋旁，
> 缺少铁笼会有金竹来编制，
> 你家有天然安静的地方，
> 它会给你家生财聚宝，
> 它早晚会给你家的人欢乐叫唱。
> 我俩会像山中的一对画眉在树上啼叫，
> 我俩会像一对银燕在天空飞翔，
> 我俩会像一对密蜂辛勤地采花，
> 我俩会像一对鱼儿在河里游畅，
> 我俩会像一对山羊在高山上吃草，
> 我俩会像一对蛤蚧在白崖上叫唱……

唱毕，在歌伴的催促下，男方拿出银手镯，女方也取出银发簪，同时伸手递给对方。

第七节　十月歌（汉族）

正月想哥才起头，想起情哥泪双流；
手提衣襟抹眼泪，妹跟流泪在心头。

二月想哥是春分，四三阳鹊叫嘤嘤；
四三树木发青了，单单只想哥一人。

三月想哥是清明，别人栽花闹熙熙；
别人栽花成双对，我俩栽花莫分离。

四月想哥四月八，手拿锄头栽桂花；
栽花只想花成对，结伴只想哥成家。

五月想哥是端阳，上栽杨柳下栽樟；
哥栽樟来妹栽柳，樟柳树下结成双。

六月想哥六月六，鸡叫早午才梳头；
几时当了人媳妇，五更想起泪双流。

七月想哥立了秋，哥今同妹上花楼；
打破竹竿架个桐，同哥姻缘前世修。

八月想哥是中秋，哥今邀妹上花楼；
阎王发判成双对，同住花园六十六。

九月想哥是重阳，重阳泡酒万里香；
劝哥喝杯重阳酒，不知来自哪一方。

十月想哥立了冬，四角门外吹冷风；
劝哥莫去当风坐，西风吹来哥化溶。

冬月想哥雪满山，妹无鞋衣也为难；
哥有鞋衣借一件，鲜花开放妹来还。

腊月想哥泪涟涟，买对蜡烛去拜年；
上拜天来下拜地，拜生拜死拜姻缘。

——以上摘自《巴马瑶族自治县民间歌谣集》（巴马瑶族自治县县志编纂委员会．巴马瑶族自治县民间歌谣集．南宁市开源彩色印刷有限公司，2011.01）

第七编　红水河传统情歌 (汉族)

第一节　海枯石烂不变心

男：想起旧情睡不着，心中好似利刀割，
　　走到江边洗回脸，江水流少泪流多。

女：哥今流泪为着妹，妹今流泪为着哥，
　　不同爹来不同嫂，为何同想这么多。

男：我的情，　　　　结情结义似海深，
　　我俩结情东海底，海枯石烂不变心。

女：想哥的，　　　　想哥一时又一时，
　　几时我俩成双对，好比凤凰配金鸡。

男：如今妹讲真甜蜜，妹是水来哥是鱼，
　　当初只怕鱼丢水，如今只怕水丢鱼。

女：哥是东山凤凰鸡，妹是西山画眉鸟，
　　凤凰金鸡离得远，几时飞来共笼啼。

男：红河桥上有菀梅，日头不晒风不吹，
　　若还我俩成双对，洗手烧香多谢媒。

女：天上落雨细霏霏，我俩结交不用媒。
　　结交不用媒通引，我俩同心自来陪。

第二节　一根扁担两头尖（汉族）

女：烧火不燃别怨天，因为柴生火不燃；
　　不得成双别怨命，因为前世无姻缘。

男：一根扁担两头尖，早晨挑水夜挑盐；
　　这世不得成双对，二世投胎慢团圆。

女：妹的心事乱如麻，只想风流不想家；
　　一年三百六十夜，多在花园少在家。

男：高山岭上有菀花，早春二月又发芽；
　　在他面前讲留等，在哥面前讲丢他。

第三节　化作蝴蝶来点灯 (汉族)

女：半夜点灯灯不明，说你情哥记在心；
　　三魂七魄妹变化，化作蝴蝶来点灯。

男：夜夜盼妹到五更，听见鸡叫哥操心；
　　天天都在门口望，只见云彩不见人。

女：一条江水去弯弯，两只洋船下江南；
　　哥你有话早早讲，船下滩头难转弯。

男：哥是前朝李喜良，妹是前朝李孟姜；
　　同妹结情这样好，阿哥一路伴妹玩。

第四节　用马耕地不比牛 (汉族)

女：早早走过哥门前，听见哥娘说哥先；
　　听见哥娘嘱咐哥，当家理事莫偷连。

男：肥肉吃多也是腻，买块豆腐拿来煮；
　　家中虽然样样有，不比交情多新鲜。

女：早早走过哥门口，夜夜走过哥门边；
　　听见哥娘说哥话，当家理事莫偷连。

男：金鸡飞过凤凰头，用马耕地不比牛；
　　虽然处处都是有，清水梳头不比油。

女：早早骑马过哥门，哥今作假妹惊心；

听见哥娘说哥话，当家理事莫多心。

男：哪个油贵不点灯，哪个谁人不连情；
　　油贵点灯灯才亮，人得连情才甘心。

第五节　一根甘蔗十二节 （汉族）

女：眼见神仙在九霄，手攀不到用眼瞧；
　　心想神仙不见面，早想凌云到九霄。

男：哥是神仙在九霄，得意下凡来逍遥；
　　若是嫦娥心有意，哥就在此望结交。

女：一条江水去悠悠，两只洋船下江游；
　　认得哥你良心好，得意弯船进码头。

男：好草生来绿油油，哥在江南妹在洲；
　　妹讲妹你心有意，为何不见妹来游。

女：两只洋船下广州，我俩撑船下江游；
　　人许千金妹不给，特意留心伴哥游。

女：火烧芭芒楼起楼，楼楼关妹在心头；
　　妹是人双管得紧，难得同哥一路游。

男：下雨久了望天晴，天晴久了望落雨；
　　天晴久了就聪明，连妹久了望成妻。

男：藤攀树来树依藤，藤攀树枝根连根；

妹也连哥哥连妹，这样才算好交情。

女：天晴又讲天晴多，落雨又讲落雨多；
　　来多又讲妹脸厚，不来又讲妹心多。

男：世上谁人不想好，谁人不想好姣娥；
　　土布裁衣人少爱，人人爱穿是绫罗。

女：养鸡不比养鸭帮，早早放出行对行；
　　连妹不比近处有，早晚有事常来帮。

男：天星不比月亮光，家茶不比野茶香；
　　家茶好吃吃半碗，野茶好吃不留汤。

女：梅花开来叶子青，两朵红花同根生；
　　两朵红花同根长，只怕雨水落不匀。

男：哥是天上雷公子，腾云驾雾上天空；
　　哥变雨水纷纷下，雨水淋花朵朵红。

第六节　滩头撒网网不开（汉族）

女：想哥想得心头疼，睡在高床难翻身；
　　爹娘问妹什么病，心中得病难出声。

男：在家听见妹成病，哥今来问好未曾？
　　如果情妹病好点，哥今回去才安心。

女：不好了，　　　　一天加病二三分；

床头有个金戒指，哥你拿去念旧情。

男：莫讲死，　　　　妹讲妹死哥痛心；
　　若还妹你不好了，还要戒指做哪门？

男：一条扁担两头尖，早晨挑水夜挑盐；
　　连先连后都是爱，扁担无钉倾两边。

女：哥是鲤鱼上滩来，望妹买网连买排；
　　妹命不是吃鱼命，滩头撒网网不开。

男：三条丝线钓江中，一钓鲤鱼二钓龙；
　　不得龙肉来送饭，但得龙皮挂门中。

女：哥家门前有个井，井中常养对金龙；
　　若还哥你心有意，自然游到哥家中。

男：妹是鲤鱼水面游，哥去长街买鱼钩；
　　鲤鱼不吃金钩钓，枉费情哥用计谋。

女：妹是鲤鱼水面游，广西游来到广州；
　　游过几多沙滩水，特地来找哥鱼钩。

第七节　妹家门口有菀梨 (汉族)

妹家门口有菀梨，年年结子有半枝；
大风吹来落下地，无人捡放嘴巴吃。

妹家门口有菀梨，年年结子满树枝；

哥今来买妹不给，别人来买妹分吃。

高山岭顶有个庙，庙里有香无人烧；
妹想伸手烧一把，不知哪把有功劳。

高山岭顶有个庙，五湖四海龙来潮；
妹有良心烧一把，把把都是妹功劳。

高山架桥稳不稳，海底冲墙牢不牢；
同妹结情久不久，若是不久枉功劳。

不是竖木不架桥，不是好香本不烧；
妹无良心莫念哥，空船莫把桨来摇。

上山砍柴砍三根，砍下平地架孔桥；
架高又怕风来打，架矮又怕水来摇。

三根甘蔗一样高，根根甘蔗架得桥；
千兵万马踩不断，妹你无心踩断桥。

第八节　几时得吃芥兰花 (汉族)

芥兰花，　　　几时得吃芥兰花；
几时得哥成双对，妹喊哥娘做妹妈。

芥兰花，　　　几时得吃芥兰心；
几时得哥成双对，同盆洗脸共毛巾。

芥兰花，　　　几时得吃芥兰包；

几时得哥成双对，洗脸手巾共一条。

见妹伶俐哥起意，见妹飘摇哥起心；
同妹共盆来洗脸，任何风险也同心。

第九节　情歌对唱（汉族）

男：久不唱歌忘记歌，久不撑船忘记河；
　　久不拿笔忘记字，久不连妹脸皮薄。

女：那个妹仔不唱歌，哥得唱来妹得合；
　　先唱几首爱情歌，心情兴奋又快乐。

男：远看情妹笑迷迷，三十六牙一样齐；
　　讲话好比官判案，唱歌好比红画眉。

女：哥唱好歌唱得乖，唱得牡丹朵朵开；
　　唱得牡丹朵朵谢，唱得情妹眼泪来。

男：大河涨水绿阴阴，丢块石头试水深；
　　丢块石头试深浅，唱首山歌试妹心。

女：高山高岭栽菠萝，妹有心栽栽不活；
　　哥妹齐心栽才好，多收菠萝成几箩。

男：有心种葱有心栽，有心恋妹有心来；
　　偷看别人妹乱猜，哥有半心不会来。

女：两张桌子八个角，哥哥果品真有多；

桌子四角八人坐，情哥多心难拢合。

男：年年都逢三月三，提篮装水上高山；
　　妹的提篮能装水，哥想连妹难又难。

女：金足银马牵过江，不得同路也同乡；
　　不得同盆共洗脸，也得同天共太阳。

男：送妹送到甘蔗林，吃根甘蔗作凭证；
　　哥吃头来妹吃尾，留下中间给媒人。

女：三根甘蔗一样高，看看哪根好搭桥；
　　千军万马踩不断，万军千马踏不摇。

男：枫木叶子三个角，情妹真是好手脚；
　　手艺好表妹心意，做双鞋送哥上学。

女：八月十五借针来，哥送丝把（面巾）妹送鞋；
　　哥送丝把用钱买，妹送鞋子手中来。

男：送妹送到柑树脚，打个柑子止口渴；
　　柑子分有十三瓣，哥妹两心连一个。

女：今天同哥分梨子，明天同哥分路程；
　　情哥出外路程远，隔山隔水不隔情。

男：高山砍柴架桥来，蜜蜂采花半山来；
　　蜜糖好吃花难采，情妹好要路难开。

女：扁担挑担两头齐，情哥挑柴很吃力；

妹想帮哥换一肩，怕哥讲妹是多余。

男：芭蕉树来芭蕉叶，芭蕉好吃树上结；
　　同娘子妹易分别，情哥连妹难得舍。

女：芭蕉树来芭蕉棚，芭蕉树上挂灯笼；
　　风吹灯笼团团转，妹妹连哥乐融融。

男：细毛眉宇细阴阴，妹妹是个绣花人；
　　绣花绣得千万朵，拿朵送哥做人情。

女：眉宇细毛细朋阴，哥哥是个读书人；
　　读书读得千万本，拿本送妹做人情。

男：大河涨水淹壁岩，壁岩坎上桂花台；
　　风不吹来花不摆，妹不摆手哥不来。

女：大河涨水淹壁岩，壁岩坎上桂花台；
　　妹妹挥手打蚊虫，哪个喊你又自来。

男：天要落雨布黑云，妹要丢哥起黑心；
　　妹要丢哥要讲好，三句好话软哥心。

女：天上白云配黑云，地上狮子配麒麟；
　　哥妹结情心一条，海枯石烂不变心。

男：妹家当门一根竹，哥想砍来妹讲留；
　　哥想砍来编筛子，妹想留来当风流。

女：一根竹子破四皮，四条竹篾条条齐；

竹子有皮内空心，只怕情哥要分离。

男：月亮出来明又明，照到后园豆角林；
　　豆角结子成双对，哪有情哥不连人。

女：月亮出来清文情，照到田堤照三更；
　　块块田间都有水，妹是望哥来恋情。

男：这边落雨那边晴，妹妹打伞手不停；
　　哥想跟妹共把伞，两个都是恋情人。

女：昨日打伞伞团圆，今日打伞烂半边；
　　伞烂因为路旁刺，丢哥因为旁人言。

男：三根芭茅搭堰沟，这条大路哥来修；
　　要是大路哥修好，妹走大路不要丢。

女：三根芭茅搭堰沟，总有一根能出头；
　　铁板搭桥不会断，跟哥一世心莫愁。

男：一匹绸布两面花，情妹爱我我爱她；
　　情妹爱哥爱花布，哥爱情妹好当家。

女：哥送花布两股针，两头两尾站金鸡；
　　哥是金鸡妹是宝，金鸡还要宝来啼。

第十节　除非月亮起尘灰 (汉族)

月亮出来亮明明，

月亮中间有个人；

若有哪个连得你，

除非月亮起灰尘。

演唱：杨昌权　采录：黄化众

第十一节　歌唱山伯祝英台

正月好唱祝英台，鸟为食亡人为财；
蜜蜂因为恋花蕊，山伯死为祝英台。

二月好唱祝英台，后园雀儿叫起采；
一来吹动阳春早，二来吹动百花开。

三月好唱祝英台，后园笋子生起来；
十八姑娘去攀笋，根根攀着祝英台。

四月好唱祝英台，燕子衔泥梁上来；
燕子衔泥梁上放，这对去了那对来。

五月好唱祝英台，田里秧苗好扯栽；
将钱买把乌云伞，遮我山伯祝英台。

六月好唱祝英台，家家买纸挂钱财；
年年有个七月半，阎王老人转回来。

八月好唱祝英台，八十公公算命来；

八十公公算命死，不死只有祝英台。

九月好唱祝英台，家家煮饭等客来；
金杯银杯摆桌上，只等山伯祝英台。

十月好唱祝英台，东西南北转回来；
东西南北转回去，只为山伯祝英台。

冬月好唱祝英台，哥去杭州读书来；
哥读三年高官做，妹读三年中秀才。

腊月好唱祝英台，山伯死后路边埋；
男人过路丢张纸，女人过路丢双鞋。

——以上摘自《巴马瑶族自治县民间歌谣集》（巴马瑶族自治县县志编纂委员会办公室编．巴马瑶族自治县民间歌谣集．南宁市开源彩色印刷有限公司，2011.01）

第八编　勒脚情歌选录①

第一节　亮得出去见得人

1.亮得出去见得人

不偷鸡来不摸狗，不搞嫖娼不卖淫；
我俩结交是正当，亮得出去见得人。

---

① 勒脚情歌流传于红水河一带。

鹧鸪结情在山岭，我俩相爱在心灵；
不偷鸡来不摸狗，不搞嫖娼不卖淫。

插秧不怕水田浅，连情不怕人眼红；
我俩结交是正当，亮得出去见得人。

2.情哥跟妹上蓬莱

鲤鱼见水尾就摆，情哥见妹心就开；
鲤鱼跟水下大海，情哥跟妹上蓬莱。

桃花越开就越美，情妹越长就越乖；
鲤鱼见水尾就摆，情哥见妹心就开。

犁好田地就想种，量好布匹就想裁；
鲤鱼跟水下大海，情哥跟妹上蓬莱。

3.十人见了十人爱

十八九岁红花女，脸红好比生蛋鸡；
哥想上前亲一口，又怕妹叫厚脸皮。

桃园树上挂桃果，哪个见了不想吃；
十八九岁红花女，脸红好比生蛋鸡。

十人见了十人爱，九人见了九人迷；
哥想上前亲一口，又怕妹叫厚脸皮。

4.从小爱妹到如今

鸟也知道鱼爱水，鱼也知道鸟爱林；
不是今日才爱妹，从小爱妹到如今。

五岁同妹玩山水，十岁同妹学弹琴；
鸟也知道鱼爱水，鱼也知道鸟爱林。

水圆心甜甜在里，阿哥爱妹爱在心；
不是今日才爱妹，从小爱妹到如今。

5.醉了几多好邻居

妹像莲花白又嫩，哪个见了哪个迷，
牵动几多①后生仔，醉了几多好邻居。

见妹总想看个够，连妹总想连个蜜；
妹像莲花白又嫩，哪个见了哪个迷。

鸡见白米不舍走，猫见鱼缸不舍离；
牵动几多后生仔，醉了几多好邻居。

6.久不见哥怕分离

三天不见哥来往，妹拿饭碗无心机；
吃饭好比吃沙子，吃肉好比吃木皮。

好马就怕走错路，螺蛳就怕贪吃泥；

---

① 几多，方言，指很多。

三天不见哥来往，妹拿饭碗无心机。

风筝飞高怕线断，久不见哥怕分离；
吃饭好比吃沙子，吃肉好比吃木皮。

7.爱哥爱在心坎上

爱哥爱在心坎上，相片挂在妹房间；
早晚得见哥一眼，妹去做工心更甜。

同年同月又同日，有情有意有姻缘；
爱哥爱在心坎上，相片挂在妹房间。

妹对哥讲悄悄话，只见情哥笑连连；
早晚得见哥一眼，妹去做工心更甜。

8.身正不怕影子歪

蜜蜂为花飞千里，阿哥为妹千里来；
我俩自由谈恋爱，身正不怕影子歪。

白日想妹白日到，夜晚想妹夜晚来；
蜜蜂为花飞千里，阿哥为妹千里来。

人讲偷连由他讲，人猜偷情由他猜；
我俩自由谈恋爱，身正不怕影子歪。

9.连妹就怕无情意

甘蔗就怕遇酸雨，花麦怕下白头霜；

连妹就怕无情意，连到一半就丢双。

进庙就怕撞对鬼，连情就怕对嫖娟；
甘蔗就怕遇酸雨，花麦怕下白头霜。

过河就怕不到岸，害哥进退两头难；
连妹就怕无情意，连到一半就丢双。

10.线短莫上钓鱼台

哥要连妹耐心等，耐心等到桃花开；
等到卯年桃花节，任哥移来任哥栽。

心急难吃热豆腐，线短莫上钓鱼台；
哥要连妹耐心等，耐心等到桃花开。

妹心埋在花根底，不到阳春花不开；
等到卯年桃花节，任哥移来任哥栽。

11.哥要早讲妹早连

妹家门口有块地，四四方方好种棉；
哥要早犁妹早种，哥要早讲妹早连。

怪哥有田不会种，笑哥有妹不会连；
妹家门口有块地，四四方方好种棉。

早该动犁哥不动，早该连妹哥不连；
哥要早犁妹早种，哥要早讲妹早连。

12.只因爱妹爱太深

吃蔗连根都想咬，葡萄论个都想吞；
阿哥得了相思病，只因爱妹爱太深。

鸳鸯总想早成对，连妹总想早成亲；
吃蔗连根都想咬，葡萄论个都想吞。

日也思来夜也想，肝肠想断好几根；
阿哥得了相思病，只因爱妹爱太深。

13.妹走三步又回头

同哥坐到五更夜，点完灯草点灯油；
鸡叫三遍催妹走，妹走三步又回头。

鲤鱼难舍滩头水，鹧鸪难舍得斑鸠；
同哥坐到五更夜，点完灯草点灯油。

哥扯眉毛做灯草，妹滴眼泪当灯油；
鸡叫三遍催妹走，妹走三步又回头。

14.说妹养狗莫养鸡

话长话短说老妹，说妹养狗莫养鸡；
狗叫三声是哥到，鸡叫三遍哥分离。

要养就养枣红马，方便情哥来回骑；
话长话短说老妹，说妹养狗莫养鸡。

要打莫打看家狗，要杀先杀无情鸡；
狗叫三声是哥到，鸡叫三遍哥分离。

15.爱哥不再爱别人

人人都说妹心好，连哥不嫌哥家贫；
人人都说妹心正，爱哥不再爱别人。

做桶就要做桶底，连情就要有良心；
人人都说妹心好，连哥不嫌哥家贫。

几多人撩妹不动，老妹生来不偷情；
人人都说妹心正，爱哥不再爱别人。

16.怨哥没有桃花命

哥是黄连周身苦，妹是桃花满身香；
怨哥没有桃花命，眼看花红不敢攀。

竹笼难养金丝雀，家穷难娶妹鸳鸯；
哥是黄连周身苦，妹是桃花满身香。

苦瓜生来命就苦，阿哥生来命孤单；
怨哥没有桃花命，眼看花红不敢攀。

17.花不恋来鸟不落

讲苦就算哥家穷，讲薄就算哥命薄；
家穷好比空心树，花不恋来鸟不落。

旱田撒秧根底浅，水上浮萍无落脚；
讲苦就算哥家苦，讲薄就算哥命薄。

阿哥也想找同伴，只因命苦不奈何；
家穷好比空心树，花不恋来鸟不落。

18.再甜不比枕头妻

妹拿良心对哥讲，出门不要贪花枝；
再美不如嫦娥美，再甜不比枕头妻。

路旁有花哥莫采，街边烂果哥莫吃；
妹拿良心对哥讲，出门不要贪花枝。

野草开花总是野，菜皮总归是菜皮；
再美不如嫦娥美，再甜不比枕头妻。

19.人家求子哥求双

进庙去求观音母，人家求子哥求双；
哥得成双就还愿，供个猪头还个羊。

三炷清香拜三拜，快快显灵得鸳鸯；
进庙去求观音母，人家求子哥求双。

初一烧香到十五，保福保佑哥成双；
哥得成双就还愿，供个猪头还个羊。

20.死了共葬个坟头

我俩好比藤缠树，生不离来死不丢；
要死我俩一起死，死了共葬个坟头。

阿哥挖塘来种藕，老妹织绣莲花楼；
我俩好比藤缠树，生不离来死不丢。

手拿纸笔立盟据，盟据收在棺材头；
要死我俩一起死，死了共葬个坟头。

21.莫学山上茶子茶

老妹要做清白女，莫学山上茶子茶；
未曾开花先结果，未曾出嫁先成家。

刺多草长妹莫去，野树虫多妹莫爬；
老妹要做清白女，莫学山上茶子茶。

插秧莫要插稗草，种茶莫种茶子茶；
未曾开花先结果，未曾出嫁先成家。

22.无线连妹妹摇头

有心难种相思树，有脚难上妹花楼；
无米唤鸡鸡不近，无线连妹妹摇头。

问一问二不开口，求三求四不点头；
有心难种相思树，有脚难上妹花楼。

无金难打金戒指，无林难得鸟来投；
无米唤鸡鸡不近，无线连妹妹摇头。

23.十八妹仔心难摸

螺蛳生来胃口大，妹织麻蓝心眼多；
世上郎君千万个，不知妹爱哪家哥。

街上摆鞋一对对，不知妹穿哪双合；
螺蛳生来胃口大，妹织麻蓝心眼多。

隔墙花朵手难采，十八妹子心难摸；
世上郎君千万个，不知妹爱哪家哥。

24.不知哪个有肉多

老妹连双心不足，好比水鬼捡田螺；
捡得这个丢那个，不知哪个有肉多。

得吃葡萄丢龙眼，得吃香瓜想菠萝；
老妹连双心不足，好比水鬼捡田螺。

月亮又比星星亮，凤凰更好过麻雀；
捡得这个丢那个，不知哪个有肉多。

25.千错万错是哥错

千错万错是哥错，大路不走走田基；
蝶死因为贪花死，鸟亡因为嘴贪吃。

家有海味哥不煮，跑去江边捡菜皮；
千错万错是哥错，大路不走走田基。

家有贤妻哥不爱，爱去山边打野鸡；
蝶死因为贪花死，鸟亡因为嘴贪吃。

26.人争田地哥争双

说妹不怕就不怕，天塌下来有哥挡；
去到衙门讲道理，人争田地哥争双。

连情不是做强盗，男婚女嫁理应当；
说妹不怕就不怕，天塌下来有哥当。

铐手铐脚由他铐，为妹坐牢哥心甘；
去到衙门讲道理，人争田地哥争双。

27.望哥做山给妹靠

妹想种田田无水，妹想过河又无桥；
望哥做山给妹靠，望哥做水给妹挑。

豆芽发久就怕老，在娘家久妹心焦；
妹想种田田无水，妹想过河又无桥。

旱禾开花需要水，孤鸟无窝需要巢；
望哥做山给妹靠，望哥做水给妹挑。

28.妹烦就烦半边月

妹烦就烦半边月，夜夜来照妹空床；
月照空床妹难过，多个枕头少个双。

妹恨就恨孤单鸟，天天来叫妹孤单；
妹烦就烦半边月，夜夜来照妹空床。

一年三百六十夜，没有一夜心不烦；
月照空床妹难过，多个枕头少个双。

29.伴哥过海走天涯

没有什么见面礼，给哥做双定情鞋；
妹心纳在鞋底里，伴哥过海走天涯。

大路不平哥好踩，连妹穿它方便来；
没有什么见面礼，给哥做双定情鞋。

山重不比恩情重，在哥身边妹心开；
妹心纳在鞋底里，伴哥过海走天涯。

30.留命等哥来相连

要爱别人妹不爱，要连别人妹不连；
天要妹死妹不死，留命等哥来相连。

宁做塘中没有藕，不去江边去偷莲；
要爱别人妹不爱，要连别人妹不连。

海棠花开一百岁，情妹等哥一百年；
天要妹死妹不死，留命等哥来相连。

31.该采的花哥要采

该采的花哥要采，该栽的树哥要栽；
再过两年花老了，挑水淋根花不开。

不信哥看桐油树，时过三年花不开；
该采的花哥要采，该栽的树哥要栽。

该办婚事哥就办，该抬花轿哥就抬；
再过两年花老了，挑水淋根花不开。

32.害妹后门夜夜开

妹说妹去妹就去，哥讲哥来又不来；
害妹点灯夜夜等，害妹后门夜夜开。

鼓打三更妹才睡，听见狗叫又起来；
妹说妹去妹就去，哥讲哥来又不来。

灯油点干哥不到，风吹门烂哥不来；
害妹点灯夜夜等，害妹后门夜夜开。

33.哪个帮拢做一壶

树上斑鸠咕咕叫，叫哥无嫂妹无夫；
两个都是半壶酒，哪个帮拢做一壶。

妹到河边去挑水，哥在码头洗衣服；
树上斑鸠咕咕叫，叫哥无嫂妹无夫。

阿哥听了流眼泪，阿妹听了抱头哭；
两个都是半壶酒，哪个帮拢做一壶。

34.老妹连哥难定心

杉木好锯难定线，琵琶好弹难定音；
糯米煮饭难定水，老妹连哥难定心。

你讲不好她又好，你讲不跟她又跟；
杉木好锯难定线，琵琶好弹难定音。

断了断了断不了，不连不连她又连；
糯米煮饭难定水，老妹连哥难定心。

35.想哥到疯哥不来

肚里大堆知心话，总想向哥吐出来；
几久①不见哥来往，想哥到疯哥不来。

搭话给鱼鱼在水，搭信给人怕人开；
肚里大堆知心话，总想向哥吐出来。

哥有手脚妹难锁，哥的心事妹难猜；
几久不见哥来往，想哥到疯哥不来。

---

① 几久，方言，指很久。

36.老妹无双莫乱爱

野马无缰莫乱跑，夜鸟无窝莫乱飞；
老妹无双莫乱爱，乱跟乱爱妹吃亏。

刺多地方妹莫去，人多地方妹就回；
野马无缰莫乱跑，夜鸟无窝莫乱飞。

新打箩筐是装米，莫要拿它去装灰；
老妹无双莫乱爱，乱跟乱爱妹吃亏。

37.九牛二虎拉不回

父母要骂留他骂，画眉大了总要飞；
老妹跟哥跟到底，九牛二虎拉不回。

男婚女嫁是自愿，一生一世就一回；
父母要骂留他骂，画眉大了总要飞。

我俩同骑一匹马，糯米蒸糕做一堆；
老妹跟哥跟到底，九牛二虎拉不回。

38.烂扇无风妹不摇

人讲妹选妹是选，人讲妹刁妹是刁；
草帽无边妹不戴，烂扇无风妹不摇。

好牛怕吃对蛇草，好马怕上空心桥；
人讲妹选妹是选，人讲妹刁妹是刁。

假情假意妹不念，不正不当妹不交；
草帽无边妹不戴，烂扇无风妹不摇。

39.少了情哥妹难活

嘴讲不想心总想，不想别人只想哥；
嘴讲不爱心总爱，不爱别人只爱哥。

嘴讲不怕心总怕，老妹就怕哥打脱；
嘴讲不想心总想，不想别人只想哥。

两天不见就不惯，少了情哥妹难活；
嘴讲不爱心总爱，不爱别人只爱哥。

40.妹想情哥想到懵

咳声以为哥来到，风吹以为哥开门；
妹想情哥想到懵，妹爱情哥爱到晕。

星星当是月亮起，树影当是哥来临；
咳声以为哥来到，风吹以为哥开门。

走路想哥走错路，进门想哥进错门；
妹想情哥想到懵，妹爱情哥爱到晕。

41.心痛因为想妹多

莲藕根深拔不起，爱上情妹就难脱；
日也思来夜也想，心痛因为想妹多。

买对手镯给妹戴,不大不小刚刚合;
莲藕根深拔不起,爱上情妹就难脱。

牛郎日夜想织女,不知哪天得结合;
日也思来夜也想,心痛因为想妹多。

42.老妹不去捡蔗渣

妹是高山珍珠树,不惹草来不贪花;
给了仙桃不结李,连哥不再连人家。

莲藕开花一次过,头苗不做二苗插;
妹是高山珍珠树,不惹草来不贪花。

鸳鸯不去贪配偶,老妹不去捡蔗渣;
给了仙桃不结李,连哥不再连人家。

43.妹一开口病就脱

阿哥得病重又重,不用医生来下药;
求医不如求老妹,妹一开口病就脱。

华佗在世也无用,药房没有哥的药;
阿哥得病重又重,不用医生来下药。

向妹求婚不答应,病重因为妹娇娥;
求医不如求老妹,妹一开口病就脱。

44. 不爱半辈爱百年

妹绣莲花朵朵美，妹种桃果个个甜；
十八哥哥爱甜妹，不爱半辈爱百年。

人人讲哥有福气，连妹得个好姻缘；
妹绣莲花朵朵美，妹种桃果个个甜。

去年同妹吃桃果，今年嘴巴都还甜；
十八哥哥爱甜妹，不爱半辈爱百年。

45. 情哥就爱妹一人

菠萝就结一个果，韭菜生来不多心；
世上姑娘千万个，情哥就爱妹一人。

花生叶多不结子，石榴心多不成仁；
菠萝就结一个果，韭菜生来不多心。

阿哥为人守本份，不贪色来不偷情；
世上姑娘千万个，情哥就爱妹一人。

46. 只图哥好不图财

妹心愿，　　　　穷响当当妹愿来；
门矮妹就低头过，只图哥好不图财。

苦瓜虽苦苦有味，情哥虽穷不贪财；
妹心愿，　　　　穷响当当妹愿来。

金钱只是过手货，爱情用钱买不来；
门矮妹就低头过，只图哥好不图财。

47.连妹不要三角连

打铁莫打三脚灶，连妹不要三角连；
一山不容两只虎，一脚难踏两只船。

良田种谷不种草，年糕放糖不加盐；
打铁莫打三脚灶，连妹不要三角连。

柴多就会挤烂灶，羊多就会踩烂园；
一山不容两只虎，一脚难踏两只船。

48.特意留等情哥来

妹在沙洲种萝卜，又白又嫩样又乖；
人家要买妹不卖，特意留等情哥来。

天旱是哥来淋水，小苗是哥来帮栽；
妹在沙洲种萝卜，又白又嫩样又乖。

妹挑萝卜长街过，几多人见追上来；
人家要买妹不卖，特意留等情哥来。

49.阿哥叫苦无人连

三月桃花红朵朵，田边蚂蚜叫连连；
蚂蚜叫连哥叫苦，阿哥叫苦无人连。

好心蚂蚁你莫叫，再叫阿哥要发癫；
三月桃花红朵朵，田边蚂蚁叫连连。

马嫌哥家无夜草，妹嫌哥家没有钱；
蚂蚁叫连哥叫苦，阿哥叫苦无人连。

50.还不娶妹到几时

哥养黄牛正当用，妹养白马正当骑；
布谷声声催耕紧，还不娶妹到几时。

老妹今年二十五，阿哥明年二十七；
哥养黄牛正当用，妹养白马正当骑。

拿网见鱼就该撒，九月红薯就该犁；
布谷声声催耕紧，还不娶妹到几时。

51.越等老妹心越焦

实难等，　　　　越等老妹心越焦；
等耙得田秧已老，等围得园花已凋。

二十过了四十到，四十成了老油条；
实难等，　　　　越等老妹心越焦。

老禾过秋不抽穗，老马过冬不恋槽；
等耙得田秧已老，等围得园花已凋。

52.老妹心爱苦瓜花

人人都说阿哥苦，老妹心爱苦瓜花；
莫要小看牛甘果，先苦后甜好人家。

阿哥人穷穷有志，挖山种豆又种瓜；
人人都说阿哥苦，老妹心爱苦瓜花。

阿哥会亲又会爱，更会勤俭会当家；
莫要小看牛甘果，先苦后甜好人家。

53.连妹哪个又想丢

鸳鸯哪个又想散，竹笋哪个又想收；
莲藕哪个又想断，连妹哪个又想丢。

李果心红红在里，情哥爱妹在心头；
鸳鸯哪个又想散，竹笋哪个又想收。

千里引来甘泉水，哪个不想水长流；
莲藕哪个又想断，连妹哪个又想丢。

54.神仙也奈妹不何

众人面前妹敢讲，不怕门前是非多；
妹当寡妇当得硬，神仙也奈妹不何。

早早关门早早睡，高枕无忧寡妇婆；
众人面前妹敢讲，不怕门前是非多。

塘中鲤鱼不吃钩，伸手再长也难摸；
妹当寡妇当得硬，神仙也奈妹不何。

55.人留谷本妹留花

妹种蜜桃心有底，人留谷本妹留花；
妹是正牌红花女，留等哥回才成家。

我俩生来有缘分，哥读书文妹绣花；
妹种蜜桃心有底，人留谷本妹留花。

那天妹过风流海，几多人想来捞虾；
妹是正牌红花女，留等哥回才成家。

56.千祈莫给漏根基

回家爹娘来盘问，千祈莫给漏根基；
妹哄妹娘去买布，哥哄哥妈去买书。

哥在门外学狗叫，妹在屋里应鸡啼；
回家爹娘来盘问，千祈莫给漏根基。

三天上街见次面，前门关了后出门；
妹哄妹娘去买布，哥哄哥妈去买书。

57.醒来又看妹一回

一见情妹心就喜，一想情妹心就飞；
连妹总想在一起，爱妹总想做一堆。

出门就往妹家跑，上路就向妹家飞；
一见情妹心就喜，一想情妹心就飞。

相片收在枕头底，醒来又看妹一回；
连妹总想在一起，爱妹总想做一堆。

58.我俩下棋心有谱

我俩下棋心有谱，阿哥出马妹出车；
哥你安了中空炮，还不将军到几时。

飞象过河妹不做，边兵边卒哥莫吃；
我俩下棋心有谱，阿哥出马妹出车。

妹拱中卒过河去，近了马口就该吃；
哥你安了中空炮，还不将军到几时。

59.连妹就要连到头

蜡烛点灯不过夜，横盖被窝不到头；
犁田就要犁到尾，连妹就要连到头。

三心两意妹不念，断耳竹箕妹不抽；
蜡烛点灯不过夜，横盖被窝不到头。

莫像猴子啃甘蔗，啃了半节哥就丢；
犁田就要犁到尾，连妹就要连到头。

60.把妹锁在哥心窝

打把铁锁三斤重，把妹锁在哥心窝；
哪日得妹来相伴，没有枕头睡也着。

金子银子要得到，好心好妹就难得；
打把铁锁三斤重，把妹锁在哥心窝。

哥想就想同年妹，哥爱就爱妹娇娥；
哪日得妹来相伴，没有枕头睡也着。

61.情哥多陪妹一回

月亮走了哥莫走，夜鸟回窝哥就回；
孤单日子妹难过，情哥多陪妹一回。

有金有银不算有，金银难解妹伤悲；
月亮走了哥莫走，夜鸟回窝哥就回。

阿哥走了妹无主，难得情哥来一回；
孤单日子妹难过，情哥多陪妹一回。

62.爱哥不要分贫富

马不装鞍也是马，鹅不高飞也是鹅；
树矮枝单也是树，贫苦阿哥也是哥。

红米白米都是米，铜锅铁锅也是锅；
马不装鞍也是马，鹅不高飞也是鹅。

爱哥不要分贫富，莫对砖厚对瓦薄；
树矮枝单也是树，贫苦阿哥也是哥。

63.把妹锁在哥身边

阿哥心爱农村妹，农村妹仔如神仙；
哥去打把千层锁，把妹锁在哥身边。

挑担能挑大山走，绣花绣出花果园；
阿哥心爱农村妹，农村妹仔如神仙。

又会做工又会爱，爱比蜜糖还要甜；
哥去打把千层锁，把妹锁在哥身边。

64.十个娇娥不比妻

十只斑鸠不比凤，十只麻雀不比鸡；
十样杂粮不比米，十个娇娥不比妻。

黄色染缸哥莫近，野马无缰哥莫骑；
十只斑鸠不比凤，十只麻雀不比鸡。

露水夫妻会招祸，结冀伴侣才甜蜜；
十样杂粮不比米，十个娇娥不比妻。

65.夜夜妹关半边门

煮饭多加半筒米，热水老妹热两盆；
哥你不知妹心事，夜夜妹关半边门。

怕哥受冷又挨饿，人不耽心妹耽心；
煮饭多加半筒米，热水老妹热两盆。

醒来不见哥身影，原来是妹梦中情；
哥你不知妹心事，夜夜妹关半边门。

66.连妹不要挖墙脚

做人就要讲人品，恋爱就要讲道德；
甘蔗不要去偷砍，连妹不要挖墙脚。

别人种花哥莫采，损人利己要不得；
做人就要讲人品，恋爱就要讲道德。

阿哥莫学猫爪刺，东勾西勾害人多；
甘蔗不要去偷砍，连妹不要挖墙脚。

67.眼泪发芽半尺高

泪染枕头无心洗，枕巾沤烂两三条；
哥你不信打开看，眼泪发芽半尺高。

哥讲娶妹又不娶，妹怕情哥有蹊跷；
泪染枕头无心洗，枕巾沤烂两三条。

日思夜想泪滚滚，老妹沤气沤成痨；
哥你不信打开看，眼泪发芽半尺高。

68.还嫌爱妹爱不够

还嫌爱妹爱不够，阿哥难讲出嘴巴；
爱我亲娘三分九，爱你情妹九八分。

爹妈骂我颠倒仔，哥吃黄连当哑巴；
还嫌爱妹爱不够，阿哥难讲出嘴巴。

哥受良心来责备，爱妹重过亲爹妈；
爱我亲娘三分九，爱你情妹九八分。

69.哥不连妹有人连

好花总会有人采，好妹总会有人连；
君不爱妹有人爱，哥不连妹有人连。

妹绣罗裙变彩带，妹化山川变良田；
好花总会有人采，好妹总会有人连。

老妹重情又重意，人好花好月更圆；
君不爱妹有人爱，哥不连妹有人连。

70.莫看钱多来恋爱

当初阿哥当老板，妹爱情哥爱几甜；
如今阿哥变穷了，就丢穷哥过一边。

有钱丑陋也是"美"，钱多苦楚也是"甜"；
当初阿哥当老板，妹爱情歌爱几甜。

莫看钱多来恋爱，莫以富有来相连；
如今阿哥变穷了，就丢穷哥过一边。

71.哥你有嫂妹不连

哥说阿哥没有嫂，为何有仔在身边；
哥你有妻妹不念，哥你有嫂妹不连。

哥说阿哥没养马，何有马屎在门边；
哥说阿哥没有嫂，为何有仔在身边。

连情就怕挨上当，恋爱就怕装套圈；
哥你有妻妹不念，哥你有嫂妹不连。

72.妹做尼姑没有家

哥无良心害妹等，害妹等哥白头发；
人当和尚有庙宇，妹做尼姑没有家。

二十等到三十五，四十等到五十八；
哥无良心害妹等，害妹等哥白头发。

哥你是个阴阳鬼，害妹误妹不成家；
人当和尚有庙宇，妹做尼姑没有家。

73.老妹心多害死人

连了一个又二个，丢了一人又二人；
臭鼻虫多害死树，老妹心多害死人。

连妹就怕无情意，恋爱就怕不正心；
连了一个又二个，丢了一人又二人。

妹把连情当把戏，耍了一人又二人；
臭鼻虫多害死树，老妹心多害死人。

74.害哥白等妹无情

哥在村头去等妹，妹在村尾去等人；
害哥白坐冷板凳，害哥白等妹无情。

嘴讲几好又几好，背后丢哥去偷情；
哥在村头去等妹，妹在村尾去等人。

嘴讲几爱又几爱，背后又去爱别人；
害哥白坐冷板凳，害哥白等妹无情。

75.二世三世再来连

我俩不知哪个错，正好一对不团圆；
今世不得成双对，二世三世再来连。

天上不知哪个错，正好月亮缺半边；
我俩不知哪个错，正好一对不团圆。

两人见面红红脸，秘密甜在心里边；
今世不得成双对，二世三世再来连。

76.情人节到花就开

糯米甜酒慢慢酿，我俩相爱慢慢来；
牡丹一心爱玫瑰，情人节到花就开。

糖煮水圆慢慢滚，玉米煮粥慢慢开；
糯米甜酒慢慢酿，我俩相爱慢慢来。

急火会煮夹生饭，芝麻熟透口会开；
牡丹一心爱玫瑰，情人节到花就开。

77.二世还爱妹英台

鱼死三年尾还摆，树死三年花还开；
哥死三年心还在，二世还爱妹英台。

尸骨埋下九层土，难埋哥爱妹乖乖；
鱼死三年尾还摆，树死三年花还开。

哥死三年情还在，化作鸳鸯又回来；
哥死三年心还在，二世还爱妹英台。

第二节　讲有几甜就几甜

男：约妹唱歌哥先唱，歌未出口心就甜；
　　蜜枣得捞蜜糖煮，讲有几甜就几甜。

　　明知老妹是歌手，开口不辣就是甜；
　　约妹唱歌哥先唱，歌未出口心就甜。

鹧鸪过岭找同伴，阿哥过界连同年；
蜜枣得捞蜜糖煮，讲有几甜就几甜。

女：唱就唱，　　　　手拿琵琶弹就弹；
金鸡飞来凤凰岭，不知为水是为山。

为水就下牛坑练，为山就上麻疯山；
唱就唱，　　　　手拿琵琶弹就弹。

老妹不是山歌手，哥有唱来妹有还；
金鸡飞来凤凰岭，不知为水是为山。

男：不为山来不为水，只为想妹在心头；
差点阿哥想成病，差点阿哥去碰头。

十字路口天天等，等妹不见哥忧愁；
不为山来不为水，只为想妹在心头。

有米在缸懒得煮，雨淋被窝懒得收；
差点阿哥想成病，差点阿哥去碰头。

妹：妹更想，　　　　哥想哪比妹想多；
一年三百六十夜，没有一夜不想哥。

想去山高路又远，想走中间隔条河；
妹更想，　　　　哥想哪比妹想多。

做好新鞋收箱底，等哥来穿合不合；
一年三百六十夜，没有一夜不想哥。

男：上村下寨都说妹，说妹是朵玫瑰花；
　　玫瑰花开香十里，哥想娶妹来当家。

　　说妹种豆就得豆，说妹种瓜就得瓜；
　　上村下寨都说妹，说妹是朵玫瑰花。

　　有锅需要有个灶，阿哥需要有个家；
　　玫瑰花开香十里，哥想娶妹来当家。

女：哥说的话真是假，莫学蚂蚜叫嘴巴；
　　红花需要绿叶伴，老妹也想成个家。

　　秤杆上面看斤两，看人不单看嘴巴；
　　哥说的话真是假，莫学蚂拐叫嘴巴。

　　妹对阿哥不怕讲，女大也该离娘家；
　　红花需要绿叶伴，老妹也想成个家。

男：哥讲的话是真话，望妹给哥作答复；
　　星星愿跟月亮走，包管老妹得享福。

　　好妹不用看八字，好马不用看马蹄；
　　哥讲的话是真话，望妹给哥作答复。

　　嫁到哥家就成宝，进了哥门就有福；
　　星星愿跟月亮走，包管老妹得享福。

女：初一未到讲十五，哥说的话难答复；
　　过河要知水深浅，摘瓜要看熟不熟。

妹怕菩萨心有鬼，更怕阿哥打埋伏；
初一未到讲十五，哥说的话难答复。

人家上街买猪仔，还看斤两足不足；,
过河要知水深浅，摘花要看熟不熟。

男：老妹要知水深浅，哥家有的是金钱；
有钱能使鬼推磨，无钱有磨也枉闲。

妹嫁过来做哥嫂，不愁吃来不愁穿；
老妹要知水深浅，哥家有的是金钱。

千好万好有钱好，哪样不讲钱在先；
有钱能使鬼推磨，无钱有磨也枉闲。

女：老妹是要看条件，不到十五月不圆；
连情不是连钱眼，不到十五月不圆。

不是买牛或买马，开口就是先讲钱；
老妹是要看条件，不到十五月不圆。

百万富翁有财富，心肠不好妹不连；
连情不是连钱眼，爱哥不是爱金钱。

男：妹看条件就来看，从内到外看到头；
阿哥脸麻麻有样，有田有地有高楼。

车马牛羊样样有，衣食住行不用愁；
妹看条件就来看，从内到外看到头。

妹想绣花有花室，妹要读书有书楼；
阿哥脸麻麻有样，有田有地有高楼。

女：妹看金钱如流水，使人欢喜使人愁；
志同道合才可贵，恩爱才伴到白头。

几多人家为钱喜，几多人家为钱愁；
妹看金钱如流水，使人欢喜使人愁。

钱重不比爱情重，生不离来死不丢；
志同道合才可贵，恩爱才伴到白头。

男：老妹思想有差错，爱情哪比金钱高；
人说万般皆下品，哥说唯有金钱高。

有钱什么都好办，无钱相爱爱不牢；
老妹思想有差错，爱情哪比金钱高。

花容月貌知多少，不看人才看荷包；
人说万般皆下品，哥说唯有金钱高。

妹：哥你思想才是错，错把金钱当至高；
有钱没有好感情，好比木人对草包。

爱情不是看钱爱，看钱相爱爱不牢；
哥你思想才是错，错把金钱当至高。

金钱虽然是可贵，不比爱情价更高；
有钱没有好感情，好比木人对草包。

男：女人大了总要嫁，男人大了要成双；
　　有钱人家妹不嫁，问妹要嫁哪家郎。

　　生盐沤久会变水，秧苗留久会发黄；
　　女人大了总要嫁，男人大了要成双。

　　哪有鸡仔嫌白米，哪有牛羊嫌青山；
　　有钱人家妹不嫁，问妹要嫁哪家郎。

女：妹嫁郎君哥莫问，老妹心中有主张；
　　哥你有钱没有意，有钱无意难成双。

　　连情不是做买卖，哪个钱多哪个强；
　　妹嫁郎君哥莫问，老妹心中有主张。

　　男人有钱会变坏，女人贪钱受遭殃；
　　哥你有钱没有意，有钱无意难成双。

男：妹不连哥会后悔，后悔不要拍胸膛；
　　半夜点灯都难找，难找像哥有钱郎。

　　金钱开路妹不走，以后想走妹就难；
　　妹不连哥会后悔，后悔不要拍胸膛。

　　有财有钱妹不嫁，以后想嫁妹就难；
　　半夜点灯都难找，难找像哥有钱郎。

女：不后悔，　　　　老妹自有意中郎；
　　感情好比鱼和水，恩爱好比对鸳鸯。

钱财多少第二位，妹要身边有好双；
不后悔，　　　　　老妹自有意中郎。

哥教老妹学学字，妹带郎君去插秧；
感情好比鱼和水，恩爱好比对鸳鸯。

男：妹真贱，　　　不爱钱哥爱"牛郎"；
鲜花拿去插牛粪，一辈受苦花不香。

眼见清福妹不享，眼见大树不乘凉；
妹真贱，　　　　不爱钱哥爱"牛郎"。

黄连自找黄连苦，苦瓜自喝苦瓜汤；
鲜花拿去插牛粪，一辈受苦花不香。

女：哥才贱，　　　手拿金钱哄妹连；
差点老妹挨上当，差点娇娥上错船。

阿哥你是金钱草，叶子落完不值钱；
哥才贱，　　　　手拿金钱哄妹连。

金钱婚姻不可靠，沙滩难种变良田；
差点老妹挨上当，差点娇娥上错船。

第三节　哥不着急妹着急

1.十说情哥

一说情哥莫呕气，妹的八字给哥收；

和尚念经念到老，阿妹连哥到白头。

老妹不是鹞鹰鸟，丢鸡又去抓斑鸠；
一说情哥莫呕气，妹的八字给哥收。

铁打磨心心不变，海枯石烂妹不丢；
和尚念经念到老，阿妹连哥到白头。

二说情哥要立志，立志在家拉缆头；
哥拉缆头妹跟起，我俩合手写春秋。

妹挑山水跟哥走，哥你领路走前头；
二说情哥要立志，立志在家拉缆头。

世界是哥也是妹，不做船尾做船头；
哥拉缆头妹跟起，我俩合手写春秋。

三说情哥哥莫走，哥走无人拿犁耙；
良田丢荒无人种，叫妹哪样得成家。

眼看秧苗天天老，错过季节就难插；
三说情哥哥莫走，哥走无人拿犁耙。

哥不着急妹着急，老禾过秋不开花；
良田丢荒无人种，叫妹哪样得成家。

四说情哥哥细听，安心实意留在家；
白天领妹搞生产，夜晚陪妹绣金花。

身边有哥妹壮胆，家里有主就成家；

四说情哥哥细听，安心实意留在家。

改天换地显身手，阿哥拿犁妹拿耙；
白天领妹搞生产，夜晚陪妹绣金花。

五说情哥哥不听，老妹伤心想跳河；
想去跳河当水鬼，又怕不得见情哥。

爱哥像爱命根子，想哥想到不奈何；
五说情哥哥不听，老妹伤心想跳河。

老妹嘴硬心头软，心里总舍不得哥；
想去跳河当水鬼，又怕不得见情哥。

六说情哥定要走，阿哥要走妹不留；
竹鞭打在哥心上，伤痛痛在妹心头。

变牛去找牛坑练，变马去拉马龙头；
六说情哥定要走，阿哥要走妹不留。

千条大路万人走，别人不忧妹心忧；
竹鞭打在哥心上，伤痛痛在妹心头。

七说情哥莫去惹，贪花惹草有苦吃；
蝴蝶死在花树上，因为蝴蝶贪花枝。

走路就要走正路，莫要去踩烂淤泥；
七说情哥莫去惹，贪花惹草有苦吃。

猫见鱼干要忌嘴，糖衣炮弹哥莫吃；

蝴蝶死在花树上，因为蝴蝶贪花枝。

八说情哥要牢记，家中还有心上人；
父母嫁妹妹不去，生死要等哥一人。

阿哥同妹照相片，留有厚意有深情；
八说情哥要牢记，家中还有心上人。

做鬼要与哥做对，做人要与哥成亲；
父母嫁妹妹不去，生死要等哥一人。

九说情哥有点怕，怕哥出去变良心；
怕哥变像陈世美，喜新厌旧丢娇情。

偷牛盗马好防守，难防阿哥变良心；
九说情哥有点怕，怕哥出去变良心。

怕哥嫌妹土包子，怕哥当官变了心；
怕哥变像陈世美，喜新厌旧丢娇情。

十说情哥要勤走，莫给大路起青苔；
三天两日来封信，十天半月又回来。

外面人多世面广，阿哥莫忘妹英台；
十说情哥要勤走，莫给大路起青苔。

勤来勤往妹就爱，水淋土养花就开；
三天两日来封信，十天半月又回来。

第四节　甘蔗还是老的甜^①

1.人嫌哥老妹不嫌

莫嫌老，
撒秧爱撒老秧田，
老禾开花金不换，
葡萄藤老果更甜。

老年自有老年宝，
老瓜自有老瓜甜，
莫嫌老，
撒秧爱撒老秧田。

十瓜树老花不老，
十五十六月更圆，
老禾开花金不换，
葡萄藤老果更甜。

2.四十不想找对象

人讲哥老哥未老，今年才是三十八；
阿哥先去闯世界，发了大财再成家。

妹你看见红瓜子，三月四月才结瓜；
人讲哥老哥未老，今年才是三十八。

四十不想找对象，五十打算才成家；

---

① 该节为老年之歌。

阿哥先去闯世界，发了大财再成家。

3.妹迷六十老红花

老藤老树老攀老，辣椒就爱开老花；
哥爱五十红花女，妹迷六十老红花。

良缘有心伴佳偶，喜鹊有情恋老鸦；
老藤老树老攀老，辣椒就爱开老花。

哥点油灯看书报，妹在身旁喜绣花；
哥爱五十红花女，妹迷六十老红花。

4.不爱千年爱百年

珍珠还是老的贵，甘蔗还是老的甜；
结发夫妻恩情重，不爱千年爱百年。

老夫老妻更知爱，老伴老偶爱更甜；
珍珠还是老的贵，甘蔗还是老的甜。

哪个九十先死了，阴间还要爱十年；
结发夫妻恩情重，不爱千年爱百年。

5.活比神仙还快乐

白发老了由它老，管它一年老几多；
阿哥画龙妹画虎，活比神仙还快乐。

哥写诗文妹画画，哥打拍子妹唱歌；

白发老了由它老，管它一年老几多。

琴棋书画样样会，文文武武都来得；
阿哥画龙妹画虎，活比神仙还快乐。

6.花香还是金茶花

有心不怕哥年老，有情不嫌白头发；
我俩老来有缘分，六十相爱喜成家。

妹是迟开的花朵，哥是晚到的晚霞；
有心不怕哥年老，有情不嫌白头发。

蔗甜还是秋时蔗，花香还是金茶花；
我俩老来有缘分，六十相爱喜成家。

7.连哥不少一百年

不怕老，
老秧好插深水田，
寿命可寿九十九，
连哥不少一百年。

大树越老越好靠，
文物越老越值钱，
不怕老，
老秧好插深水田。

老糯更好酿甜酒，
老妹爱哥爱更甜，

寿命可寿九十九，
连哥不少一百年。

8.青山不老情不老

同床共枕几十载，夫妻恩爱几十年；
青山不老情不老，老夫老妻梦更圆。

水深火热同甘苦，出生入死肩并肩；
同床共枕几十载，夫妻恩爱几十年。

金婚银婚是婚宝，老蜜老糖糖更甜；
青山不老情不老，老夫老妻梦更圆。

9.甘蔗从头甜到尾

念哥就要念到老，爱妹就要爱到头；
甘蔗从头甜到尾，我俩恩爱到白头。

妹是桂花香不败，哥是甘泉水长流；
念哥就要念到老，爱妹就要爱到头。

一床被窝两人盖，从脚一直暖到头；
甘蔗从头甜到尾，我俩恩爱到白头。

10.百年夫妻过更甜

百岁宝刀刀不老，百年枣果果更甜；
百岁海棠开不败，百年夫妻过更甜。

金子有价情无价，有钱难得老姻缘；
百岁宝刀刀不老，百年枣果果更甜。

千宝不比老来宝，千甜不比老来甜；
百岁海棠开不败，百年夫妻过更甜。

11. 不减当年十七八

莫看老妹五十几，打扮起来像枝花；
蜜蜂找妹来作伴，蝴蝶向妹来求花。

讲情讲意讲风度，不减当年十七八；
莫看老妹五十几，打扮起来像枝花。

国好家好样样好，老妹越活越年华；
蜜蜂找妹来作伴，蝴蝶向妹来求花。

12. 树老开花更鲜红

芋头老了芽还嫩，苦瓜老了心还红；
我俩人老情未老，老锅米酒酒更浓。

不信哥看木棉树，树老开花更鲜红；
芋头老了芽还嫩，苦瓜老了心还红。

六七十岁不算老，威武起来像姣龙；
我俩人老情未老，老锅米酒酒更浓。

——以上摘自《勒脚情歌》（蒙光迁. 勒脚情歌. 融水印刷厂，1998.07）

第二辑　故事歌

随物赋情的红水河故事歌

红水河是一条文化河流，是一条会唱歌会讲故事的河流，红水河流域主要居住着壮、汉、瑶、苗、侗、毛南、仫佬等民族，各民族都是有故事且会讲故事的民族，并以此来丰富自己的民族文化。同时，这里的各族人民能歌善唱，又是刘三姐歌谣传唱的核心区域，山歌已经浸透在各族人民血液里，山歌如同空气一般在各族人民生活当中不可或缺。人类的情感是需要表达的，因此"情动于中而形于言，言之不足，故嗟叹之，嗟叹之不足，故咏歌之"①，红水河儿女在叙述故事的时候，有时会碰到"言之不足"的情况，这时一旦碰上山歌，"故歌咏之"就是很自然的事了，红水河故事歌自然就产生了。

红水河故事歌是指红水河歌谣中以叙事为主的表现形式，它可以具备完整的故事情节，也可以仅为片段描述，于叙事中表达深厚情感的歌谣。这些故事歌流淌着各民族艰苦奋斗的历史，表现了各民族人民的生活状态，也饱含了各民族人民的思想情感与梦想追求，这些故事歌体现出鲜明的叙事性和抒情性特征，是红水河歌谣大花园中一朵艳丽夺目的奇葩。我们可以从创作动机、目的、内容以及其表现特点来分析红水河故事歌。

---

① 语出《诗经·毛诗序》。

一、红水河故事歌的创作动机

中国古代乐府民歌向来就有"感于哀乐，缘事而发"的创作传统，红水河故事歌同样传承这一创作传统。汉代班固在《汉书·艺文志》中提出："自孝武立乐府而采歌谣，于是有代赵之讴，秦楚之风，皆感于哀乐，缘事而发，亦可观风俗，知薄厚云。""感于哀乐，缘事而发"是中国民间歌谣的重要特点，这也是中国民间歌谣的创作动机。中华民族向来就有"由事生情"的传统，也就是说叙事与抒情在中国文学作品中从来就不是水油关系，而是水乳关系，它们是不可能截然分开的。袁行霈教授在《中国文学概论》中指出："'缘事而发'常被解释为叙事性，这并不确切。'缘事而发'是指有感于现实生活中的某些事情而发为吟咏，是为情造文，而不是为文造情。'事'是触发诗情的契机，诗可以把这事叙述出来，也可以不把这事叙述出来。'缘事'和叙事并不是一回事。""感于哀乐，缘事而发"是集叙事与抒情于一体的，它直接将日常生活中的大小事情与诗歌（歌谣）的抒情紧密联系在一起，用诗歌（歌谣）特有的感召力和社会影响，达到"观风俗，知薄厚"的目的。红水河各族儿女向来叙事与抒情并重，而以歌叙事最终达到抒情说理效果是他们传唱歌谣的理想追求，也就是说，缘事而发，由事生情，以抒哀乐是他们创作红水河故事歌最纯粹的动机。红水河故事歌是抒情与叙事相结合为一体的歌谣，例如流传于都安县的瑶族故事歌《密洛陀造神界造天地》叙述了瑶族先祖造神界造天地的艰辛历程，它是瑶族的创世史诗，但其中字里行间都流露出了瑶族人民强烈的民族自豪感和对先祖的膜拜景仰之情。同样流传于该县的壮族故事歌《唱山伯英台》叙述了梁山伯与祝英台相识相知相爱的过程，更抒发了壮族人民对美好爱情生活的大胆追求与不屈服于现实的情感表达。"都说山伯与英台，上古不传没人唱，如今唱了人传诵……唱罢山伯与英台，留个榜样给后人，是情是义天地长。"总之，红水河故事歌的创作动机就是

"感于哀乐，缘事而发"。

二、红水河故事歌的创作目的

红水河故事歌的创作目的可以用《诗经·毛诗序》中的一段话来概括："诗者，志之所之也……故正得失，动天地，感鬼神，莫近于诗。先王以是经夫妇，成孝敬，厚人伦，美教化，移风俗，莫善乎诗。"就是说，诗歌（歌谣）是具有"美刺教化"作用的。

红水河故事歌具有施教作用，尤其在道德伦理教育方面更为突出。红水河各族儿女勤劳勇敢、勇于斗争、扶危济困、善恶分明、热爱生活、热爱祖国，这些鲜明的民族性格特征同时也是他们优秀道德品质的具体体现，这些优秀的品质在红水河故事歌中都得到了很好的传唱，故事歌已经成为他们进行伦理道德教育的重要渠道和手段之一。由于这里的大部分少数民族自古以来只有自己的语言，没有自己的文字，为了给下一代传授知识和道理，他们只能口耳相传，而为了增强记忆，讲故事又成了最佳选择，同时由于他们能说会唱，在相传过程中不自觉地说唱结合，于是便形成故事歌，也无形中提高了艺术感染力，增强了"耳濡"的效果，由此而塑造出一个个生动的艺术形象，以老百姓喜闻乐见的形式把千百年来形成的道德伦理观念及评判标准"心授"给广大听众，并影响观众，故事歌已经成为红水河各族人民的重要教育手段，这也印证恩格斯的一句话："民间故事还有一个使命，这就是同圣经一样使农民有明确的道德感，使他意识到自己的力量、自己的权利和自己的自由，激发他的勇气并唤起他对祖国的热爱。"这句话很精辟准确地表明民间故事（歌）的道德蕴藏和道德教育功能，红水河故事歌就具备这一功能，同时也成为红水河各族儿女追求幸福生活的力量源泉。例如壮族人民十分讲究孝道，他们把尊老敬老当作是一种人间至善美德，孝敬父母是他们毕生追求的修为，为了报答父母的养育之恩，他们不辞劳苦，甚至付出自己的生命也在所不惜。都安县壮族故事歌《唱董永》讲述了十岁男孩董永为报答父母的养育之恩却又无钱葬父，只能"打算卖身葬老父，上街上铺把身当"。董永的至孝行为感动了仙女七姑，"我是天生玉帝女，下到凡间合婚姻，董永卖身葬老父，我来救他平民人"，也感动了皇帝，"皇帝派官路上接，董永上车进龙庭……

皇帝见了心欢喜，封做状元第一等"。故事歌唱颂董永的目的就是号召年轻人向董永学习敬老行孝，"董永葬父添贵子，忠孝金匾挂门庭。唱了董永后人听，人生忠孝第一行"。简而言之，红水河故事歌是红水河人民教育年轻一代的重要"伦理教科书"，至今仍然发挥重要作用。

三、红水河故事歌内容及其表现特点

红水河流域故事歌的内容及表现特点深受南方多山多水环境和灵活多变的风情影响。

第一，民族性与地域性。一方水土养一方人，红水河沿岸的壮族居民，多是干栏结构民居住房，牛马等牲畜被视为劳动力和家庭资产，所以第一层为牛马栏圈，会把牛、马、瓦房、竹子、泥墙、木楼梯等唱进壮族的故事歌曲中。婴儿降生，壮族亲友会唱《送背兜》迎接新生命，有人逝世，亲朋悲恸哭吟《哭丧歌》，历数对亡人的难舍之情。

第二，情节性与戏剧性。故事歌是否受到欢迎，能否被广为传诵，是否达到寓教于歌的最佳效果，在很大程度上取决于情节是否精彩和引人入胜。例如故事歌《唱山伯英台》同窗共寝求学的情节就充满矛盾与悬念，很有戏剧性，有时为了强调戏剧冲突，故事歌中有时用"问答"的方式以增强情节戏剧性和冲突感，"要条扁担隔席中，两人规矩共枕席。山伯某天突然问，为何你胸胀胀的？英台回答山伯哥，谁人读书胸脯凸，就成一位好秀才，谁人读书胸脯凹，就是一位大蠢才。"

第三，传奇性与虚构性。红水河故事歌产生于民间，它的主要传播方式以民间歌师（艺人）的口耳相传为主，这些歌师（艺人）为了满足以普通老百姓为主的听众的审美情趣需求，为了满足"善有善报，恶有恶报"的伦理教育需求，往往在传唱过程中，增加一些有虚构性、传奇性的情节，塑造理想传奇性的人物，这样就使故事歌富有浪漫主义色彩，有一个光明的、满足听众心理需求的结局，如梁祝化蝶双飞、董永忠孝两全的结局就是如此。

总之，红水河故事歌是红水河各族儿女对传统文化的共同记忆与眷恋，它诉说着红水河先民繁衍生息以及创造历史的故事，它歌唱着红水河各族儿女对生活的热烈追求，寄托着一代代红水河儿女的梦想与希望。习总书记在文艺工作座谈会上指出："中华优秀传统文化是中华民族的精神命脉，是涵养社会主义核心价值观的重要源泉，也是我们在世界文化激荡中站稳脚跟的坚实根基。要结合新的时代条件传承和弘扬中华优秀传统文化，传承和弘扬中华美学精神。"基于此，我们要在新时代背景下，赋予"感于哀乐，缘事而发"新的时代意义，大力传承和弘扬红水河故事歌的新时代精神。

参考文献：

［1］唐凯兴，张志巧.论壮族民间传说和故事的伦理意蕴［J］.百色学院学报，2013（6）.

［2］辛晓娟.中国古代叙事诗的乐府传统［J］.云南大学学报，2014（2）.

［3］萧涤非.萧涤非说乐府［M］.上海：上海古籍出版社，2002.

［4］韦其麟.壮族民间文学概观［M］.南宁：广西人民出版社，1988.

［5］曾晓峰，王劲.对汉乐府"感于哀乐，缘事而发"的新阐释［J］.武汉理工大学学报，2002（5）.

［6］蓝鸿恩.壮族民间故事选［M］.上海：上海文艺出版社，1994.

第一编　布洛陀造米 (壮族)

(所略五言四句调)

很古很古时，天地离得近；
六合①围得紧，八方无息声，

弯腰捡得星，伸手撕得云；
春米碓碰天，劈柴斧碰云，

"轰"一声霹雳，盘古开天地；
六合全分开，成如今天地，

六合分了开，欢天又喜地；
满山传呼声，遍地飞笑语。

山上摘桃李，坡边摘野梨；
林中打飞鸟，河里抓鱼吃。

野果虽充饥，肉鱼饱一时；
吃久不拉屎，吃多胀肚皮。

布洛陀见了，伤心又伤气；
野果虽充饥，难养人一世。

你们修好田，你们开好地；
教你们种谷，教你们种米。

---

① 六合，指上下和东西南北四方，泛指天下或宇宙。

听了祖的话，众人都欢喜；
从此有谷种，从此有米吃。

女人拿石锄，男人扛木犁；
山脚修水田，山腰整旱地。

三月木棉开，四月阳鹊叫；
地已经整平，田已经修好。

地已经整平，田已经修好；
秧苗哪块要？谷种哪块找？

翻过七座坡，渡过八条河；
去找我的祖，去问布洛陀。

"秧苗这块长，谷种这块藏；
大糯和粳谷，玉米和高粱。

两手伸下地，不赚也够吃；
坐吃山也空，种禾要花刀。"

翻过七座坡，渡过八条河；
玉米得一袋，稻谷得一驮。

木棉花又开，阳鹊鸟又叫；
水已满秧田，播种时候到。

初一播下种，十五绿满峒；
廿六把秧扯，廿九把地种。

七月谷子黄，八月弯了头；
九月磨剪刀，十月把谷收。

谷穗像马尾，谷粒像卜柚；
三人一颗吃不完，九人一穗吃不够。

天像锅倒悬，地像悬倒锅；
风狂刮树倒，雨猛盆倒泼。

七年雨才停，九年雨才断；
洪水漂浮云，浊浪拍天边。

七年雨不停，九年雨不断；
三年洪水退，五年地才干。

水退地也干，菜绝谷也完；
有仓没有米，有锅没有饭。

草籽当饭吃，树叶当菜送；
娃仔吃了个不长，妹仔吃了脸不红。

妹仔脸不红，娃仔个不长；
去找布洛陀，去把办法想。

翻过七座坡，渡过八条河；
找到我的祖，找到布洛陀。

"谷种在郎汉①，谷种在坡遨②；
到那块去找，到那块去要。

郎汉这么遥，坡遨这么远；
道路长无尽，江河宽无边。

骑马走不到，竹排划不到；
怎么过去要？怎么过去找？"

"办法我有了"布洛陀喊道：
"喊鸟去帮衔，叫鼠去帮要。"

第二天朦亮，鸟鼠就出发；
翻山又过坳，来到坡遨下。

鸟在上面啄，鼠在下面啮；
鸟啄"铁铁"响，鼠啮响"铁铁"。

鸟得谷十粒，鼠得谷十颗；
颗颗衔在嘴，拿回自己窝。

人们等啊等，人们盼啊盼；
等那鸟儿转，盼那鼠儿还。

等了五天整，又等十天半；
不见鸟回转，不见鼠回还。

---

① 郎汉，壮语，山名。
② 坡遨，壮语，山名。

又翻七座坡，又渡八条河；
去问我的祖，去问布洛陀。

"麻绳结大网，路口上摆布；
鸟飞过就抓，鼠跑过就捉。"

依祖说的话，上山忙割麻；
女人把网结，男人把笼扎。

山上人十五，山下人十六；
鸟飞过就抓，鼠跑过就捉。

早上太阳出，等到日当午；
捉得一对鼠，抓得两鹧鸪。

脚踩下嘴唇，手撑上门齿；
用力往外扒，得谷种四粒。

阳鹊鸟欢叫，木棉花满枝；
初一种落地，十五满峒绿。

廿六去扯秧，廿九秧插完；
五月耘头遍，六月耘好田。

七月禾抽穗，八月谷变黄；
九月寒露过，十月收谷忙。

老布磨禾剪，老牙整箩筐；
日盼夜也盼，盼新谷满仓。

哪知到田里，人人都叹气；
苗长穗不抽，抽穗不结粒。

大家叹了气，去找布洛陀；
翻过七座坡，渡过八条河。

牛马粪是金，猪羊粪是银；
田里堆满粪，仓里满金银。

祖的话是金，祖的话是银；
过河又翻坡，回来步盈盈。

围圈来养猪，栏里关马牛；
田头粪成堆，田尾肥水流。

木棉还没开，阳鹊还没叫；
谷种已落地，秧田已长苗。

廿五扯完秧，廿九插完田；
五月耘头遍，八月要开镰。

谁知日夜间，老鼠下满田；
麻雀也来叮，野猪吃更残。

好大一块田，被残踏一半；
好长的谷线，谷粒剩不全。

翻过七座坡，渡过八条河；
去问我的祖，去问布洛陀。

"给你们铜鼓，给你们粉枪，
给你们铁锚，给你们弓簧。"

依祖的主张，派人守田庄；
擂鼓早到晚，鼓响兽跑光。

鸟来弹弓打，猪来开粉枪，
田边安铁锚，夹鼠得论筐。

村里圈牛羊，笼里关鸭帮；
田里安无恙，禾苗长更旺。

谷穗像马尾，谷粒像卜柚；
两人抬一穗，一步两摇头。

抬也抬不起，挑不挑不动；
夫妻田里嚷，婆媳路上争。

布洛陀大笑，笑够把话拉；
"田里铺竹搭，拿棒捶来打。"

依了祖的话，棒捶咚咚打；
谷粒纷纷下，竹箩挑回家。

谷壳硬梆梆，煮饭难得吃；
去问布洛陀，他笑着答语。

"你们安舂碓，你们编簸箕；
碓舂壳脱去，簸糠就剩米。"

砍木做舂碓，砍竹编簸箕；
照祖的话办，得米煮饭吃。

仓里谷装满，屋里堆满银；
煮粥不论两，煮饭不论筒①。

糍粑舂成桶，糯粽煮成锅；
米粉吃不断，年节送外婆。

全天下百姓，太平又欢乐；
托福我的祖，"拉坎"②布落陀。

演唱：周朝珍　采录：罗汉田

汉译：黄焕英　罗汉田

——摘自《巴马瑶族自治县民间歌谣集》（巴马瑶族自治县县志编纂委员会.巴马瑶族自治县民间歌谣集.南宁市开源彩色印刷有限公司，2011.01）

附记：布洛陀，是壮族民间传说中一位力大无边，能解百难、能造万物的英雄，是壮族的祖先。《布洛陀》是壮族民间传说中的一部创史诗，全歌有五千多行，布洛陀造米，只是其中的一个故事。

第二编　妲妯之歌
（七言四句调）

传说古时篆里村，

有一对鸳鸯夫妻，

---

① 筒，即量米用的竹筒，一般一筒米有一斤三两左右。
② 拉坎，壮语，即岩洞，传说布洛陀的家住在岩洞里。

男的名字叫特光，
女的名字叫达菊。

十二年夫妻恩和爱，
十二年夫妻风和雨；
十二年苦水变冬蜜，
达菊生下了妲妯。

月亮追着太阳走，
岁月跟着星子移；
妲妯的酒窝变深了，
妲妯的眉毛变秀丽。

妲妯的头发黑又亮，
像蓝靛染成的布匹；
妲妯的脸蛋红润润，
像朵荷花出水里。

妲妯一岁会喊妈，
她的声音甜过蜜；
妲妯一岁会走路，
像只黄蜂摆腰肢。

妲妯六岁学纺纱，
双手拉线好麻利；
妲妯九岁学织布，
双手飞梭巧无比。

她对牡丹绣幅锦，
锦上的花把蝶迷；

她对飞鸟绣幅画，
画上的凤嘴会啼。

妲妯的心像明镜，
妲妯的肝像白玉；
左邻有喜她心欢，
右舍遭难她愁眉。

穷人家生了仔女，
叫妈拿锦去送礼；
乡亲们办了婚事，
叫爹送锦去贺喜。

东村哪家无儿女，
叫妈常去送彩衣；
西村哪户断了炊，
叫爸拿锦帮换米。

背嵌有妲妯的锦，
小宝长得白丽丽；
箭袋有妲妯的锦，
上山射得花狐狸。

妲妯的才貌人人夸，
做爹做妈该欢喜；
爹妈欢喜不起哟，
暗把泪水吞肚里。

不是为她寒和暑，
不是为她饱和饥；

是因女儿长太美，
就像天上的仙女。

娘疼女儿在心窝，
爹想女儿在梦里；
鸡仔莫给鹰叼走，
好花别丢进污泥。

心肝都藏在肚中，
骨肉都包一层皮；
妲姒长到十七了，
一直关在竹楼里。

她见别家的姐妹，
河边谈笑来洗衣；
自己却像一只鸡，
关在屋里不能离。

"妈妈，妈妈，妈妈，
为何把我当小鸡？
我要跟爸去打猎，
我要跟妈去种地！"
妈妈不敢直了说，
骗她山上有狐狸；
妈妈不敢吐真情，
哄她地里有野鸡。

妲姒的愁眉不展了，
妈妈的泪水落下地；
不再忍心骗儿女，

稍把真话吐几句。

羽毛亮亮的鸡仔，
最刺老鹰的眼珠；
如花似玉的美女，
难逃皇帝的眼皮。

皇帝年年选美女，
写的告示贴满地；
谁能选送美人去，
赏金赏布又赏米。

一品二品三品官，
一年连升四五级；
多少民女遭了殃，
多少骨肉活分离！

妲妯听了妈的话，
恨透吃人狗皇帝；
妲妯听了妈的语，
怨地太窄天太低！

山脚种有好花哟，
香气飘过千重岭；
屋里藏有好酒哟，
醇香透过玻璃瓶。

乡亲传颂妲妯名，
感谢她的善良心；
土官探听妲妯姓，

要跟皇帝领赏金。

皇帝闻到美人讯，
做梦要把妲姐吞；
召集家犬来商议，
连夜派人出宫门。

三个文官奉了命，
虎狼一窝钻出洞；
花蜂花伞遮了天，
遮黑壮乡篆里村。

三个文官到村前，
先派土官去报喜；
"特光达菊有福气，
皇上看中你妲姐。"

土官喊破了嗓子，
土官用完了力气；
特光达菊关起门，
坐在屋中不打理。

土官无奈转回去，
对着文官跪在地：
"这家真不懂王法，
闭门拒客不答礼。"

文官不服上前去，
满口傲气吹牛皮：
"府上官员来接你，

快去皇宫享福气。"

任凭猎犬汪汪叫，
任凭老鹰声声啼；
妲妯一句也不应，
妲妯一眼也不理。

土官文官碰了鼻，
满身受气满脸灰；
一计不成生二计，
忙叫侍从开金柜。

银子垫高了竹楼，
金子压弯了门槛；
爹妈连哼也不哼，
妲妯连看也不看。

好像蚂蚁上热锅，
土官急得团团转；
文官也像火烧肝，
撕下佛面露凶言。

"麻雀不懂天多高，
蚂蚍不懂地多大，
皇上看中你小人，
为何不知礼高下？"

不到惊蛰不打雷，
不到大雨不涨水；
文官惹怒了妲妯，

乌龟伸头她就捶。

"金线不绣黑毛虫，
丝绸不用搭鞋底，
凤凰不嫁给乌鸦，
金猫不配给狐狸！"

文官听了翻白眼，
翻来翻去诡计生；
拿出恶语刺妲妯，
想赌妲妯来开门。

"你是金鸡在山中，
我是吴刚在月宫，
嫦娥仙女我见过，
谁还想看你丑人。"

妲妯气得胆涨大，
匆匆出来开楼门：
"谁家恶狗汪汪叫，
噪得寨里难安宁。"

好像梦里见仙姑，
好像黑夜见流星；
土官文官见妲妯，
个个落魂难回行。

文官虽然回去了，
乌云还会再遮天；
皇帝得不到妲妯，

虎不擒羊哪心甘！

乡亲担忧妲妯事，
吃不下来睡不安，
望着竹楼的灯光，
暗为妲妯来盘算。

有的设法挤出钱，
送她远走去躲难；
有的磨刀整弓箭，
要和官军拼一番。

可气可恨的土官，
又跟皇帝领赏金；
他给官军当猎狗，
里外夹攻来抢人。

大风呼呼刮来了，
熄不掉竹楼松明灯；
暴雨哗哗泼来了，
掀不翻篆里的山村。

皇帝带来了官军，
包围篆里一层层；
弓箭雨点一样密，
支支射向篆里村。

乡亲们被激怒了，
老老少少都出动，
打了三天又三夜，

官军血流遍地红。

村边的竹子一蔸蔸，
蔸蔸来制弓箭；
村边的石头一块块，
块块搬来做子弹。

竹子做箭已射光，
石头做弹已扔尽；
每人只剩一双手，
还有口气就要拼！

村寨围墙被冲垮，
官军像蚁往里涌；
特光中箭已倒下，
乡亲的人墙撼不动。

土官的心太凶狠，
乡亲背后来捅刀；
官军的心太毒辣，
又在村里烧辣椒。

乡亲被熏流了泪，
难防敌箭和暗刀；
全村老少危旦夕，
眼看无辜被折夭。

妲姎的心如刀绞，
妲姎的胸似火烧；
迎着官军她站出，

好比一座青铜雕。

"放下你们的毒刀,
收住你们的毒箭,
是谁想要娶美人,
就来跟我的后边!"

官兵的刀落地了,
官兵的箭收下了;
一场战火平息了,
乡村老小得救了。

妲姐离别父母了,
难分难舍骨肉情;
父母离别妲姐了,
两人好比刀割心。

妲姐离别乡亲了,
乡亲满眼是泪珠;
妲姐离别家乡了,
家乡满天云和雾。

妲姐脱下了花鞋,
妲姐解下了头巾;
花鞋留在家乡土,
头巾留给故乡人。

妲姐昂然走出村,
好比一朵鲜芙蓉;
皇帝跟着妲姐影,

好像一个黑灶神。

土官得意又忘形，
步步跟着皇帝身；
他牵马儿去驮金，
他的官衔又提升。

突然一声巨雷响，
长空一道红光闪；
妲姐咬断了舌头，
变成一座美人山。

土官丢马跪在地，
皇帝失魂破了胆；
电光雷劈成五段，
千年被压山里边……

多少年呵多少代，
人们还想着妲姐；
多少代呵多少年，
这山越来越秀丽。

美人山的山顶呵，
有片彩云低低飞；
这是妲姐的头巾，
留给乡亲众姐妹。

美人山的半山腰，
有股清泉流不断；
那是妲姐咬舌头，

血流家乡浇田园。

谁说妲妁真死了?
留下身影多美丽;
谁说妲妁真死了?
善良的心传千里。

老人讲妲妁故事,
恨透残暴的皇帝;
青年唱妲妁的歌,
要拿土官来剥皮。

故事一人传一人,
山歌一村传一村;
假丑恶是一堆粪,
真善美是一坡金!

演唱:黄忠福

采录:兰怀昌　覃承勤　黄焕英

——摘自《巴马瑶族自治县民间歌谣集》(巴马瑶族自治县县志编纂委
员会.巴马瑶族自治县民间歌谣集.南宁开源彩色印刷有限公司,2011.01)

第三编　黄卜可历史山歌

问〔壮〕:谭批腾里籁否眉,同轮历史了背腊。

没冠都地可立丫,同问利拿仆勒造?

仆勒造帮个牡丹,伴嫂洛汕否洛哎。

冷平双睡字否读,论仆厚恶实胆查。

译（汉）：只唱山歌不过瘾，同讲历史才入题。
　　　　　古时大地草丛生，妹问田地谁来造？
　　　　　谁人栽培牡丹花，小妹不懂就来问。
　　　　　因为我俩不读书，见人来往就请教。

答（壮）：见仆读字千年轮，否仪双侬到洛查，
　　　　　得神农氏了侬腊，造补利拿界人民。
　　　　　冠隧人氏洛造微，皮想丫细牢否冷。
　　　　　拉闷聪明双仆宜，否迷历史略很呀。

译（汉）：听读书人经常讲，不料你俩倒会查。
　　　　　是神农氏这个人，造田造地给人民。
　　　　　是燧人氏会造火，我想解释怕不准。
　　　　　天下他俩最聪明，不然大地仍荒芜。

问（壮）：仆勒造栏许楼欲，立累恢复层当层？
　　　　　为娘累问偶脱腾，仆勒造葬群造蒙？
　　　　　税背吉恩仪（人）灿，礼义福谈故旦故。
　　　　　轮朝没冠课皮达，立欲旁坝幸孚坟。

译（汉）：是谁造房给人住？还能层层建高楼？
　　　　　既然问就问到底，谁人先造捕渔具？
　　　　　我到别处有人问，还听他人讲很多。
　　　　　讲起过去枇杷树，还在荒野随风摆。

答（壮）：辙蒙得价伏羲氏，侬问平尼笔实汉。
　　　　　得巢有氏了牡丹，洛造顾栏许楼欲。
　　　　　批平仆衡否累研，双摆欲闲数曼溺。
　　　　　色獭很字眉记约，忙仆否洛勒陈难。

译（汉）：结网捕渔是伏羲，妹问这个哥来答。

是巢有氏这个人，造房建屋给人住。

若是别人记不得，双方再坐慢慢想。

好在书上有记载，有的不懂也很难。

问（壮）：为嚷累伦许坛环，仆勒立算孔夫子。

双楼脱冲实胆族，发明文字皆麻名？

初初仆勒洛成立，仆拜仆地兴造良？

衡宜仆格欲领栏，旬话龙灿皆棘没。

译（汉）：既然得讲给人听，谁人还教孔夫子。

我俩相逢拉家常，发明文字什么人？

最早是谁来创造，天下大众才跟随？

今晚客人满堂坐，有问必答莫要烦。

答（壮）：前传后教耳陈眉，伴可龙细造实哗。

发明文字得仓颉，侬否洛列皮实奴。

仪仆洛字千年独，登仆恶乐通立细。

皮而冷剥界侬平，旬而否听皆荣结。

译（汉）：前传后教曾有过，哥哥讲给妹来听。

发明文字是仓颉，妹不懂得哥就说。

听读书人经常讲，外出之人也常谈。

哥讲实话给亲妹，哪句讲错莫要怪。

问（壮）：仆而造字学根撒，改利改拿眉平记？

侬问仆乘同良利，格惯条尼仆而兴？

朋友当仆欲当班，登色旬刚多立查。

双楼同伦海任顽，欲皆麻邦春仆宜。

译（汉）：谁人造字写纸上，卖田卖地有凭契？

　　　　妹问聪明伶俐人，从前这条哪个兴？

　　　　朋友各自在各村，有何疑问互相查。

　　　　我俩同叙给人听，在哪邦国找这人？

答（壮）：幸孔夫子恶斗算，天下仆邦兴造洛。

　　　　爽仆才能眉才学，立故契约社朝楼。

　　　　拉闷仆爹兴良利，造故样宜界地方。

　　　　得字仲宜了侬平，没冠铁生欲鲁国。

译（汉）：是孔夫子来开创，天下百姓才知晓。

　　　　有幸遇到圣贤人，发明契约给我们。

　　　　天下算他最聪明，开创教育给后人。

　　　　此人姓孔字仲尼，从前出生在鲁国。

问（壮）：论朝没古眉徕样，侬问洒黑仆而牙？

　　　　仆侬否洛十旦查，仆而造洒皆楼化？

　　　　仆而造笔斗来字？冷那众数十旦断。

　　　　双皮恶追偷腾莫，侬力问所蒙背腊。

译（汉）：问到历史有很多，妹问黑纸哪个造？

　　　　小妹不懂就来问，谁人造纸来绘画？

　　　　谁人造笔来写字？见到你们就请教？

　　　　你俩从远新来到，妹妹诚心问兄台？

答（壮）：得周神夷造洒黑，别造累断皮十牙。

　　　　得汉朝蔡伦顾洒，细心皮腊顾麻么。

　　　　压断历史否托滕，想通牙冷仆朝冠。

　　　　发明顾笔秦朝蒙，比平仆恩勒难查。

译（汉）：是周神怡造黑纸，既然妹问哥就答。
汉朝蔡伦先造纸，妹你探哥是为啥？
论起历史讲不完，深思想起这几个。
秦朝姓蒙先造笔，如是他人也难查。

问（壮）：默冠汉朝很调兵，仆勒哑平帮征域？
一问二问素造皮，桃园结义开麻名。
初初仆勒恶报学，欲内中国关仆廷。
旬话累问皮实喊，追汕牡丹偶旬尼。

译（汉）：过去汉朝常调兵，哪个率军平西域？
一问二问你兄长，桃园结义什么人？
最初是谁先暴动？欲撑乾坤半江山。
妹妹得问请哥答，爱问牡丹要这句。

答（壮）：默冠汉朝很调兵，班超哑平邦西域。
关公张飞群刘备，桃园结义三仆跌。
起初刘邦恶报学，皮而西所介侬金。
别依累问皮之牛，默冠仆头眉历史。

译（汉）：过去汉朝常调兵，班超率兵平西域。
关公张飞和刘备，桃园结义三兄弟。
最初暴动是刘邦，阿哥如实讲给妹。
妹妹得问哥就讲，过去领导有历史。

问（壮）：关公跌欲其而歹，油汕皮乖偶旬正。
双楼托中之管迎，击大孔明介麻名。
默冠张飞而扬名，爹立化影海纹徕。
三仆结拜关地方，欲介麻邦累拎印。

译（汉）：请问关公死何处？又问兄长要答案。
　　　　我俩相逢共探讨。孔明岳父叫何名？
　　　　过去张飞很著名，他的画像留后人。
　　　　三人结拜管何处？又在何处得天下？

答（壮）：皮而牛所介侬乘，关公爹歹欲麦城。
　　　　是黄成谤这个人，诸葛孔明得勒界。
　　　　他腾其而邦实停，为实化影舍坛徕。
　　　　建立蜀国累故王，刘备关邦而陈顶。

译（汉）：阿哥如实讲给妹，关公他死在麦城。
　　　　是黄承彦这个人，他是孔明的岳父。
　　　　他到哪儿都稳定，所以画影作门神。
　　　　刘备在蜀建立国，治理国家很安定。

问（壮）：默冠唐王欲更京，爹调仆兵滕番国。
　　　　番邦臣将而陈恶，仆爹名学谷皆嘛。
　　　　特稿而比征朝败，仆而利害升许平。
　　　　侬谷仆花问布乖，刀那纹徕丫牛所。

译（汉）：从前唐王坐京城，他调兵平定番国。
　　　　番国神将也厉害，他的名字叫什么？
　　　　打几多年他才败，哪个强将胜了他？
　　　　愚妹不知来问哥，众人面前说实话。

答（壮）：侬很臣将特番邦，别早累问哥之伦。
　　　　名学牛谷盖初文，比平仆恩皮否牛。
　　　　特十二备升朝败，仁贵利害真平洋。
　　　　默冠薛家而眉名，报学欲京累正东。

译〔汉〕：妹问神将是番邦，阿妹得问哥就讲。

他的名叫盖苏文，若是别人我不讲。

打十二年才失败，仁贵厉害英名扬。

从前薛家很有名，功名显赫得正东。

——以上摘自《巴马瑶族自治县民间歌谣集》（巴马瑶族自治县县志编纂委员会办公室编.巴马瑶族自治县民间歌谣集.南宁市开源彩色印刷有限公司，2011.01）

第四编　忻城壮欢故事歌（壮族对唱）

第一节　民国二七①世界乱

1

原〔壮〕

男：斗那考礼功，

依造佲当待，

个途偻世界，

介败江山，

浪考文山坏，

也实在礼佲，

礼马龙头，

双仅布另外。

译〔汉〕

男：以后考得功，

依你造当代，

---

① 民国二七，即1938年。

都我们世界，
莫搞败江山，
若搞坟山坏，
也实在无名，
得背马龙头，
我俩不另外。

2

原（壮）

女：邝盆嬎，
　　个等待假侣，
　　布考坏事情，
　　守身假老，
　　介用亘话烂，
　　江山布劳败，
　　当初偻断过，
　　批拜社亲。

译（汉）

女：我后成寡妇，
　　都在等候你，
　　不搞坏事情，
　　守身等到老，
　　莫用讲坏话，
　　江山不怕败，
　　当初咋断言，
　　去拜社做亲。

3

原（壮）

男：失古你到，
　　又亘国下，
　　哏哏批度打，
　　抢不过敌人，
　　添日本度打，
　　开中马打，
　　打炮立，
　　飞机又炸。

译（汉）

男：留故事在后，
　　又讲到国家，
　　天天去打仗，
　　抢不过敌人，
　　跟日本打仗，
　　开枪来打他，
　　大炮发连发，
　　飞机到又炸。

4

原（壮）

女：民国乱了乱，
　　仅布算伝，
　　打日本布形，
　　介串卧田向，
　　国下平宁，
　　婚姻仅布算，

八佰万兵马，
打过敌人。

译（汉）

女：民国乱了乱，
咱不算作人，
打日本不赢，
别转脚回向，
国家不安宁，
婚姻就不算，
八百万军队，
要打过敌人。

5

原（壮）

男：三信吞，
等偌伦算，
岑布礼囲向，
自换朝，
日本占中国，
别妹到失，
世界宝布盆，
偌邡介望。

译（汉）

男：三年信不见，
叫你妹莫算，
如不得回乡，
阿妹就换世，
日本占中国，
别妻留后面，

世界保不成，
你在后慢等。

6

原（壮）

女：佲批保国家，
　　介旦话培畤，
　　文山仅个，
　　将来眉世界，
　　妹宝肯关，
　　批宝复，
　　旬丑布用谈，
　　旦好汉度批。

译（汉）

女：你去保国家，
　　莫讲背时话，
　　坟山咱们好，
　　将来有世界，
　　妻要宝给夫，
　　家鬼去保佑，
　　丑话不用谈，
　　讲好汉以后。

7

原（壮）

男：民国二十七
　　别失妹邝
　　世界乱分分

仅布盆婆妹

扶苦眉艮

伝批当塞

别关婆妹

万代布度吞

译（汉）

男：民国二十七，

别妻子在后，

世界乱纷纷，

人不成夫妻，

穷人没有钱，

要人去顶替，

别夫隔夫妻，

万代不相见。

8

原（壮）

男：斗那失，

花佲伦打算，

介败烂干，

流浪也在佲，

佲盆伝流浪，

受难当兵，

恶斗几年春，

在护心佲算。

译（汉）

男：我来前失后，

随你妹打算，

莫打败惨然，

流浪也随你，

你成人流浪，

我受难当兵，

出来几年春，

随心里你算。

9

原（壮）

女：介用亘话烂，

个安心士，

各乱礼乱，

肯伝伝笑，

当初仅拜社，

亘话布礼反，

话亘布了，

亘话布。

译（汉）

女：莫用讲坏话，

我都安心事，

给自己乱想，

给世人笑话，

当初咱拜社，

讲话不能悔，

话好讲不完，

讲丑话不好。

——以上摘自《忻城少数民族古籍》（忻城县民族事务局．韦美香主编．忻城少数民族古籍．柳州铁路天元文化传媒印务公司承印，2016.05）

第五编　环江中州墓碑故事山歌

中州山歌协会会员卢世举先生曾到环江县驯乐乡北山村一带办事，听说北山村委前有一老孺人之墓，碑文用山歌（即壮话山歌）形式铭刻，于是他亲自前往视之，并用相机拍了回来，只可惜，未将整碑所有文字拍下，仅拍了刻有山歌的部分。从相片所见可知，墓碑的主人是汉族人莫氏，墓碑立于公元1932年，按照环江的碑文撰写习惯，墓碑中间为一行竖写的大字，大字的右边介绍死者生前的基本情况；左边记录死者的子孙繁衍情况。仔细看这块墓碑，可以看到其中间竖写着"汉族莫氏老孺人之墓"一行大字，但该行大字的左边未见刻有孝（或祀）男之名，只列有继男继孙和继孙婿之名。后卢先生经访查得知，该孺人家道兴隆，但无子嗣，其惟恐死后家产丢失或被人占用，自己死后无人供奉，没有葬身之地。故此，其生前便先为自己立寿坟，从其墓碑的对联"预卜牛眠开寿域；期增骏福慰平生"可以明显看出。本地人立生坟是担心儿孙今后不孝或为儿孙减轻负担，或怕牛眠吉地①被他人占用而立。除此之外，该老妇人更为担心的是死后的祭祀之事。所以，在其墓碑上刻着山歌以劝后人若谁耕其田用其产，就一定要祭祀她，否则就会遭遇不吉利的事，试看其山歌的内容：

第一节　北山墓碑歌两首 (壮族)

原 〔壮〕：那老那细古卷利，食后仍记着内心；
　　　　　到皎谷雨眉斗到，叔食代冷夏否旺。

译 〔汉〕：大小田块我都有，吃米记在心里头；
　　　　　每当谷雨不来到，吃了后代难旺周。

---

① 指有助于后代升官发财的坟地。

原（壮）：替那家宝托千佑，守灵顶户要着心；
　　　　修香公婆记修到，弥排子孙可自利。

译（汉）：代替宝家①由千②顾，做好守灵顶门户；
　　　　祭祀烧香要做到，人丁发达自有福。

第二节　板列③路碑歌两首（壮族）

原（壮）：卜火啊卜火，牙应所卜好；
　　　　对求叟米迷，头卜好物得。

译（汉）：穷人啊穷人，要知富人情；
　　　　每到不接济，都求与富人。

原（壮）：卜迷啊卜迷，牙用欺卜火；
　　　　捧喷在拉约，傍卜火物成。

译（汉）：富人啊富人，莫欺负穷人；
　　　　粪堆累门前，都是穷人力。

备注：蒙忠建收集

　　——以上摘自《中州放歌——环江县民俗婚宴喜庆传统山歌》（环江毛南族自治县中州山歌协会编．中州放歌——环江县民俗婚宴喜庆传统山歌．内部刊物，2013年总第2期）

---

① 宝家，乃老妇人自谓。
② 千，乃守灵扫墓人之名。
③ 板列，地名。

第六编　都安故事山歌

第一节　达稳之歌（壮族勒脚①）

　　达稳是一个壮族妇女的名字，她被父母包办婚姻，受尽虐待，含恨上吊而死。死前她向伙伴朋友唱了诉苦歌。这首歌控诉了封建礼教的罪行，倾诉了受害者的悲哀，成为了人民的心声，因此一代一代流传下来。

1

日夜凄凉又呕气，造了两句土山歌；
　　　△②　　　　　△　　　△

这辈如今太差火，只因可恶世道歪。
　　　△　　　　　△

像我达稳这种人，一棵草根生半世；
　　　△　　　　　　△

日夜凄凉又呕气，造了两句土山歌。
　　　△　　　　　△

我死不得留个话，人世哪里见有过；
　　　△　　　△

这辈如今太差火，只因可恶世道歪。
　　　△　　　　　△

2

死别父亲和兄长，心中悲伤想几多；
　　　△　　　　　△　　　△

---

① 勒脚，是壮歌的一种体裁，唱到第七句回来连唱第一句。

② △，押韵标记，壮歌押韵方式是押尾腰韵，有△的字即押韵之处。

假若我是男小伙，就不枉过这一生。
　　　　△　　　　　△

哪个生来爱死去，受苦受气就悲伤；
　　　　△　　　　　△

死别父亲和兄长，心中悲伤想几多。
　　　　△　　　　　△

老天生我成女人，贱成田埂旧水车；
　　　　△　　　　△　　　　△

假如我是男小伙，就不枉过这一生。
　　　　△　　　　　△

3

甲申这年行运到，别了伙伴同班辈；
　　　　△　　　△　　　　△

我死去了成冤鬼，家庭毁了丢双亲。
　　　△　　　　△

死去什么都忘记，活着冤气受到老；
　　　　△　　　　△

甲申这年行运到，别了伙伴同班辈；
　　　　△　　　△

今年我刚二十二，坟上白幡随风吹；
　　　△　　　△　　　　△

我死去了成冤鬼，家庭毁了丢双亲。
　　　△　　　　△

4

公婆生的虎狼心，我才拿绳上吊去；
　　　　△　　　　△

父母无奈顾不及，早早死去心不甘。
　　　　△　　　　　　△

兄弟责骂心更浮，说我交游过分深；
　　　　△　　　　△　　　　△

公婆生的虎狼心，我才拿绳上吊去。
　　　　△　　　　　　△

每回食饭一进门，打骂拷问像奴隶；
　　　　△　　　　　　△

父母无奈顾不及，早早死去心不甘。
　　　　△　　　　　　△

5

五月十八半夜深，想到伤心才死去；
　　　　△　　　　△　　　　△

告诉大家千万记，莫走我的路半程。
　　　　　△　　　　　△

去做舅母童养媳，打骂时时伤透心；
　　　　△　　　　△　　　　△

五月十八半夜深，想到伤心才死去。
　　　　△　　　　　△

回来想食娘家饭，父母反脸不同意；
　　　　△　　　　△　　　　△

告诉大家千万记，莫走我的路半程。
　　　　　△　　　　　△

6

死别你们同辈人，名声毁尽了全家；
　　　　△　　　　　　△

活着心事放不下，生死真假一场空。
　　　　△　　　　　　△

心中越想越凄凉，轻轻年纪草一春；
　　　　　△　　　　△　　　　△

死别你们同辈人，名声毁尽了全家。
　　　△　　　　　　△

断送半生下黄泉，冤枉阳间开朵花；
　　　　△　　　　△　　△

活着心事放不下，生死真假一场空。
　　　　△　　　　　　△

7

别了板桂大榕树，难忘风雨茅草亭；
　　　　△　　　　△　　△

可怜我死去清净，田地不应给丢荒。
　　　△　　　　　△

情妹照旧交情哥，早晚欢乐同甘苦；
　　　　△　　　　△

别了板桂大榕树，难忘风雨茅草亭；
　　　　△　　　　△　　△

同辈这么好多人，哪样忘尽话交情；
　　　　△　　　　△　　△

可怜我死去清净，田地不应给丢荒。
　　　△　　　　　△

8

满岭幡旗你们挂，我成了鬼下地狱；
　　　　△　　　　△　△

惨惨一堆冤死骨，哪时有路还人间。
　　　　△　　　　　△

坐的地方我没忘，躺的地方也记下；
　　　　△　　　　△　　　　△

满岭幡旗你们挂，我成了鬼下地狱；
　　　　△　　　　　△

这一辈子太背时，同辈别离阴阳阻；
　　　　△　　　　△

惨惨一堆冤死骨，哪时有路还人间。
　　　　△　　　　△

9

假如我死能回魂，我要重新还情义；
　　　　△　　　　△　　　　△

可惜我在阴间里，你们情义不能还。
　　　　△　　　　△

一刀砍断阴阳路，没有哭灵儿女声；
　　　　△　　　　△　　　　△

假如我死能回魂，我要重新还情义；
　　　　△　　　　△

幡旗都是洋布做，伙伴个个有情义；
　　　　△　　　　△

可怜我在阴间里，你们情义不能还。
　　　　△　　　　△

10

北斗圈了生死簿，不给生路在阳间；
　　　　△　　　　△　　　△

这一辈子像飞烟，走下黄泉作冤鬼。
　　　　　△　　　　　　△

别了父母去阴间，口吃黄连心中苦；
　　　　　△　　　　　△　　　△

北斗圈了生死簿，不给生路在阳间；
　　　　　△　　　　　△

夜来让我多呕气，眼泪几多流连连；
　　　　　△　　　　△

这一辈子像飞烟，走下黄泉做冤鬼。
　　　　　△　　　　　△

11

幡旗你们莫用烧，一张诉状飘坟上；
　　　　　△　　　　　△　△

风吹幡旗高飘扬，含冤诉状让人看。
　　　　△　　　　　△

兄弟饥饿泪淋淋，想到心里乱糟糟；
　　　　　△　　　　△

幡旗你们莫用烧，一张诉状飘坟上；
　　　　　△　　　　　△

伙伴朋友一群群，个个有心来吊望；
　　　　　△　　　　　△

风吹幡旗高飘扬，含冤诉状让人看。
　　　　△　　　　　△

12

我成冤鬼先死去，重葬尸骨谁来迁；
　　　　　△　　　　△　　　　△

心中越想越凄凉，白骨可怜埋土里。
　　　　　△　　　　　　　△

这辈若有亲骨肉，会葬枯骨清明里。
　　　　　△　　　　　　　△

我成冤鬼先死去，重葬尸骨谁来迁；
　　　　　△　　　　　△　　　　　△

告诉你们父兄辈，冤鬼根本难成仙；
　　　　　△　　　△　　　　　　△

心中越想越凄凉，白骨可怜埋土里。
　　　　　△　　　　　　　△

13

去到婆家公婆打，回到娘家父母骂；
　　　　　△　　　　　△　　　△

我已烂贱成叫花，受够打骂才死去。
　　　　　△　　　　　　　△

我没有人来收养，想尽样样没办法；
　　　　　△　　　　　△　　　　　△

去到婆家公婆打，回到娘家父母骂；
　　　△　　　△　　　　　△

心头越想越愤恨，个个这等来欺压；
　　　　△　　　　　△　　　△

我已烂贱成叫花，受够打骂才死去。
　　　　　△　　　　　　　△

14

死别父亲兄弟辈，几多眼泪伴气来；
　　　　　△　　　　　△　　　△

这辈我成个男崽，不会死来枉一生。
　　　　△　　　　　△

活着想躲没地方，到今凄凉心已碎；
　　　　　△　　　△　　　△

死别父亲兄弟辈，几多眼泪伴气来。
　　　　△　　　　△

兄弟姐妹生几个，唯独有我命贱来。
　　　　△　　　　△

这辈我成个男崽，不会死来枉一生。
　　　　　　　△

15

我死进了这条路，想到痛苦心不甘；
　　　△　　　△　　　△

丈夫害我命儿完，告诉同班牢记住。
　　　△　　　△

哪个都是父母生，有的金贵有的苦；
　　　△　　　△　　　△

我死进了这条路，想到痛苦心不甘。
　　　△　　　△

唱了一段对比歌，告诉伙伴莫要忘；
　　　△　　　△　　　△

丈夫害我命儿完，告诉同班牢记住。
　　　△　　　△

16

每天越想心越浮，我的骨头贱过人；
　　　△　　　△　　　△

挨打挨骂痛到心，没人说情来救我。
　　　　△　　　　△　　　　△

看我好比外路人，眼泪流尽更忧愁；
　　　　△　　　　△　　　　△

每天越想心越浮，我的骨头贱过人。
　　　　△　　　　△

我死成了外死鬼，阴间同辈谁来跟；
　　　　△　　　　△　　　　△

挨打挨骂痛到心，没人说情来救我。
　　　　△　　　　△

17

我啊是个冤死鬼，魂魄飞进番桃林；
　　　　△　　　　△　　　　△

伤透心啊几多情，番桃青果祭坟前。
　　　　△　　　　△

可怜我的父母亲，死了守灵知是谁；
　　　　△　　　　△　　　　△

我啊是个冤死鬼，魂魄飞进番桃林。
　　　　△　　　　△

别了断了好伙伴，别了断了姐妹亲；
　　　　△　　　　△　　　　△

伤透心啊几多情，番桃青果祭坟前。
　　　　△　　　　△　　　　△

18

最后这首来告别，兄弟姐妹泪莫落；
　　　　△　　　　△　　　　△

年轻就死谁像我，后人活着想念多。

△　　　　　△

你们同心造家园，我在阴间路断绝；

△　　　　　△

最后这首来告别，兄弟姐妹泪莫落。

△　　　　　△

半世匆匆归阴去，悲伤心里泪滂沱；

△　　　　△　　　　△

年轻就死谁像我，后人活着想念多。

△　　　　△　　　△

备注：1956年采录于都安瑶族自治县六也乡华桂村板桂屯。

演唱者：覃卜辉，壮族，男，时年60岁，广西都安县人，歌手。

搜集者：韦云龙，壮族，男，时年23岁，广西都安六也乡人，都安县壮文学校教师。

翻译者：韦翰祥，男，时年40岁，广西都安县菁盛乡人，农民业余作者。摘自《都安歌谣集》(都安歌谣编辑组.黄启光.韦翰翔.都安歌谣集.南宁开源彩色印刷有限公司，2010.12)

第七编　密洛陀造神界造天地山歌 (瑶族)

第一节　造神界

咿耶洋罗腊——卜达哈！
很久很久的时候，
宇宙阴暗暗；
远古远古的从前，
太空黑沉沉。
下没有土地，

上没有青天。

抬头不见碧罗凌霄，

俯瞰不见九銮黄泉。

方向不辨东西南北，

时辰不分黑夜白天。

阴风吹了一岁又一岁，

阳气流了一年又一年。

风不是白白吹，

气不是白白流，

吹成了铜石卵，

吹成了铁石蛋。

一颗铁石风中飘，

一个铜蛋气中流。

过了十二千时辰，

又过了十二万时候。

风急急地吹，

气紧紧地流。

轰隆一声响，

宇宙颤悠悠。

风停吹了，

气停流了，

在位密姥①在风里，

有位女人在气中。

这女人是福华赊，

这密姥是发华风②。

---

① 密姥，瑶语，原是"大妈"之意。在这里指的是始神。

② 福华赊·发华风：即始神名，本始诗的神都是复名，演唱时为了对仗，往往把一个神名分为两句唱。

九十九个彩凤齐盘旋，

福华赊睡了九千九百岁；

九十九个金龙齐护拥，

发华风躺了九千九百年。

彩凤齐鸣唱，

金龙共长啸。

福华赊醒来了，

发华风睁开眼，

洋罗腊——卜哈达！

咿耶洋罗腊——卜达哈！

福华赊站在风里，

发华风立于气上。

转脸看四面，

翘首观八方。

四面宽无边，

八方广无垠。

上面空悠悠，

下方空荡荡。

只见云悠悠地飘，

只见雾蒙蒙地漫。

风嗖嗖地吹，

气暗暗地流。

福华赊暗暗叫苦，

发华风切切忧伤。

独自一个太孤单，

单身一个多孤寒。

像小鸡未生毛羽，

像小鸟未长翅膀，

像小豹胡须未生，

像小虎雏牙未长。

栖身于何处，

居住在何方？

没有用的种种，

没有吃的样样。

没有居住的场所，

做不成种种；

没有食的地方，

做不成样样。

福华赊决定创神界，

发华风决心造仙境。

她望见路笔地，

看了架笔香①，

是个可住的地点，

是个久居的地方。

高兴降到路笔地，

欢喜地下到架笔香。

要建长住的屋，

要造久居的房。

需建歇息的铺，

必造睡觉的床。

为建种种瘦了身，

为造样样掉了膘。

建成了金的宫，

造成了银的殿。

宫有铺，

---

① 架笔香·路笔地，即神界的地名。

殿有床，

宫有宫门，

殿有殿堂。

建成了往来留连的宫，

造成了进出藏身的殿。

福华赊乐开怀，

发华风喜洋洋。

洋罗腊——卜达哈！

第二节　造天地

咿耶洋罗腊——卜达哈！

密本洛西下到耶先，

密阳洛陀来到耶力铁旺。

四面阴暗暗，

八方黑黢黢。

没有地，

没有天，

密本洛西要造地，

用什么造地？

她去找密姥，

密姥死了九千岁，

密阳洛陀要造天，

拿什么来造天？

她去问密姥，

密姥死了九千年。

密姥死去了，

要什么来造地？

密姥已长眠，

拿什么来造天？

密本洛西心中如汤煮，

密阳洛陀心里似油煎。

福华赊的东西一叠叠，

发华风的遗物一件件，

拿什么来造地？

拿什么来造天？

密姥的大伞，

撑开大无边；

密姥的长衫，

张开广连连。

密本洛西心欢喜，

密阳洛陀笑开颜。

拿衫来做地，

用伞来做天。

天盖地，

地托天，

天地紧相连。

密本洛西想了想，

密阳洛陀再三思：

密姥死去了，

尸骨在眼前，

密姥的四肢，

可做四条天柱。

天柱四方立，

顶住地角天边，

天圆地广各分离。

可是造的天比地小，

造的地比天大。

边不着边，

沿不连沿。

密洛陀拿针线，

缝地角天边，

天和地相连，

密洛陀紧拉线，

天拱像锅盖，

地皱像褶裙。

褶裙一叠叠，

凸起成山岭；

褶裙一层层，

凹下成平坝。

从此苍天宽昊昊，

从此大地广连连。

洋罗腊——卜达哈！

咿耶洋罗腊——卜达哈！

有了地，

造什么在世间？

有了天，

给什么在天上？

天地一片黑，

山川一派暗。

万物怎能生在世上，

人类怎能活在人间？

怎样使天地温暖？

造个太阳亮天地。

怎样使人间光明？

造个月亮照世间。

怎样使世间热闹？

造十二千生在世上，
造十二万命在人间。
给什么管万类，
要什么来管万物？
应先造太阳，
该先造月亮。

密本洛西解下左耳环，
金耳环呀金耳环，
你真是福华赊的金，
化作太阳照天地；
密阳洛陀摘下右耳环，
银耳环呀银耳环，
你真是发华风的银，
化作月亮照世间。
吞下金环九千岁，
生出太阳金光闪；
孕育银环九千岁，
生下月亮银光现。

密洛西十分高兴，
密洛陀无比欢喜。
嘱咐太阳和月亮，
太阳长大了，
日绕天一周；
月亮长大了，
夜巡天一遍。
日是夫，月是妇，
白昼是阳夜是阴。
八九回归七十二，

九九归还八十一。

天时分四季，

一年三百六十五日。

春天暖，

夏天热，

秋季凉，

冬时寒。

洋罗腊——卜达哈！

咿耶洋罗腊——卜达哈！

密洛陀打点了行装，

送太阳月亮上天。

太阳走在太阳路，

月亮走在月亮道，

回头把话讲：

密呀密，

我们没有颈，

我们没有身，

没有手，

没有脚，

只有一张脸，

怎能绕天走一圈？

天上寒风吹，

独自一个多孤单。

密洛陀叫来金兔，

唤来银兔；

福华赊的金兔耶，

化作太阳马；

发华风的银兔耶，

化作月亮驴。
发光照人间，
发亮照山川。

金兔银兔把话说，
密呀密，
我的前脚短，
我的后腿长，
走不得太阳路，
过不了月亮道。
密洛陀砍来罗汉竹，
给金兔子换脚，
给银兔换腿。
成了七节脚的太阳马，
成了七节腿的月亮驴。
太阳马一声长啸，
飞上太阳路；
月亮驴一声长嘶，
飞上月亮道。
密洛陀解下珍珠带，
颗颗珠子光闪闪，
对太阳和月亮说，
你俩结发夫妻，
发光又发亮。
夜把珍珠撒太空，
变成星斗万万千。
密洛陀哈一口气，
变成云霞一片片。
天上热闹起来了，
月日追逐在天边，

越飞越高远，

密洛陀叫日日不应，

密洛陀唤月月不还。

和以前一样寂寞，

和过去一样孤单。

洋罗腊——卜达哈！

搜集整理者：蒙冠雄，瑶族，时年45岁，都安文化馆干部。

蒙松毅，瑶族，男，时年21岁，广西都安县大兴乡古朝小学老师。

——以上摘自《都安歌谣集》（都安歌谣集编辑组.黄启光.韦翰翔.都安歌谣集.南宁市开源彩色印刷有限公司，2010.12）

第八编　民间神话故事歌选

第一节　特生造世歌（壮族）

哪个造天地？把星星月亮挂天际？

盘古开天辟地，特生挂星星月亮照天地。

哪个挖大河？开沟造天地？

特生勤劳勇敢，造田造地开沟渠。

特生力气大，用大山做犁；

筑圹开沟渠，水流满田地。

河水流过村边，溪水流进田地；

特生种上五谷第一苗，走遍人间大地。

开好河沟山塘，把水引到人间大地；

溪水绕过坡前，河水流进田地。

天水引到人间，触怒了天上玉帝；
千万不留情，要放水泡死人间兄弟。

雷鸣动天地，天河缺了堤；
大水泡满大地，天水越来越急。

绍金聪明伶俐，要帮特生争口气；
她发誓要帮到底，她恨天上玉帝。

绍金生得乖，聪明又伶俐；
她佩服特生，造世的志气。

天水泡满人间，她坐葫芦去救特生兄弟；
水急浪大她不怕，生死要和特生在一起。

月亮已经黯淡，星星已经灭迹；
她驾葫芦去找特生，要和特生为人间造世。

找了三天三夜，不眨一回眼皮；
漂过天水高山，到处找特生兄弟。

天水又大又急，漫了天和地；
她恨透了天上玉帝，放水破河堤。

绍金姑娘聪明，她要云霞堵河堤；
用劲堵来堵去，还是堵不住。

特生咬牙切齿，拉起弓箭射玉帝；

吓得玉帝身打颤，呼喊饶命把头低。

特生射出第二箭，射中天河浪停息；
风停河水退，堵得河堤更紧更密。

特生射出第三箭，玉帝喊死又哀泣；
风雨停息天晴，野草绿遍地。

特生力气最大，用大山做犁；
挖河开沟渠，造世种田地。

绍金和特生，为众人造世；
跑遍人间大地，撒在种子谷粒。

特生真能干，造福人间大地；
稻谷飘香丰收，玉米黄遍山里。

特生造犁耙，引水种田地；
造世给我们欢乐，歌声震山里。

一同劳动唱歌，把幸福送给人间兄弟；
难忘我们的祖辈，年年丰收喜。

特生走过的地方，美丽的凤凰出世；
村里鸡成群，鸭群遍乡里。

难忘老祖辈，为我们创业绩；
鸡也成群鸭成帮，兴旺千年百世。

特生造房屋，给我们在屋檐下攀亲戚；

村上来了客人，远方来了表兄弟。

特生造出布机，绍金教我们织布做衣；
教我们织锦，学会很多手艺。

特生为人间造世，绍金乐得唱歌唱比^①；
村里兄弟来祝贺，大家欢喜造三圩^②。

祖辈造田地，为我们造三圩；
造歌造比唱三方^③，村里兴旺热闹无比。

特生造鼓手，村里乐得歌不止；
歌比唱三方，热闹众亲戚。

特生真能干，为人间造世；
喜事办不停，丰收同贺喜。

备注：1981年采录于都安瑶族自治县板升及东兰县大同乡。

演唱者：覃娅金，时年75岁，广西都安县板升人，壮族农民歌手。

搜集翻译者：程荧，壮族，男，时年51岁，广西都安安阳镇人，县图书馆馆长。

第二节　唱董永 (壮族)

阳行教，阴保情，董永行孝丧场临；
董永行孝临丧主，请听弟子唱根情；

---

① 比，壮族山歌之一。
② 造三圩，意为到处造圩场。
③ 唱三方，意为到处唱歌。

你在湖广丹阳县，修孝行善传后人；

父母生他传后代，安做董永的号名；

年纪刚刚十零岁，不料父母命归阴；

父母抚养他长大，董永大了懂孝情；

不料父亲生大病，又逢天旱两三春；

又逢天旱两三春，连地连田无收成；

父亲大病身不爽，董永自在自伤心；

想请郎中来医治，家庭辛苦无分文；

父亲开言叫董永，怕我的病已不轻；

家中十样没一样，屋里屋外冷清清；

去求舅父和舅母，有钱借过一月零；

你要快去快回来，天上大限不留人；

董永听了拿起伞，立时急急出了门；

立时急急出门了，到了舅家早饭正；

舅母出来马上问，外甥早来有何因？

董永连忙去下跪，讲到根由泪淋淋；

因为父亲成大病，屋里屋外无分文；

我的年纪又还小，身体力气难比人；

舅母有钱借几贯，父亲病好再还清。

舅母听了这样话，指手划脚骂连声；

你们成病死倒好，父子是猴还是人？

你们父子不要脸，四月荒荒来探亲；

时时来借钱几贯，这回菩萨敬不灵；

以为你来还阳债，没空陪你穷外甥。

舅母一讲就出门，董永门边孤零零；

千舅母来万舅母，哀哀叹气声连声。

哀哀叹气句连句，舅父恰好进门庭；

舅父串门刚回来，董永下跪哭淋淋；

舅父拉了外甥起，有什么事讲分明。

因为父亲成大病，屋里屋外无分文；

没钱没米我来借，但得救好我父亲。
舅父还未得开口，舅母连忙进了门；
舅母出门返后听，不见董永返回程；
你还不走到何时，你这种人枉为人；
你这种人枉出世，我放死债给你吞？
你们父子似烂木，想人挖得一坛金！
舅父连忙骂舅母，你一开口就伤人；
从前你还没嫁来，我由他们养成人；
几多情义只我懂，如今好了不能忘；
你给外甥空手回，我们有钱也冤枉！
前圩买猪还剩余，给他借去后再还。
舅母开言舅父道，请你听我讲一讲；
我有我的我留下，你有你的你就帮；
猪呀鸡呀全我养，样样哪能由你讲？
快快给我开离书，我到哪里没情郎！
董永见到了这样，连忙拿伞返回程；
空手回家见老父，一路你哭不断声；
一路你哭声不断，父亲盼望倚门庭。
董永进门告老父，一五一十诉详情。
一句激话入心里，父亲病重到十成；
父亲一病归阴去，董永哭灵行孝情；
我们父子今时断，家穷哪样做丧场？
打算卖身丧老父，上街当铺把身当；
董永去了铺连铺，没有哪个肯相帮！
满街人见心也动，个个抹泪在街旁；
孤儿葬父可怜见，有人引荐东街行；
东街行铺有知府，百万家财大富翁；
来到东街找知府，边哭边拜上门庭。
问了董永哪里来，不用下跪讲真情。
董永开言知府道，父亲大病命归阴；

留我孤儿年纪小，没法烧纸还恩情；
我来卖身开丧事，看你照顾我成人；
随你借给钱几贯，我有期限做工还。
知府开言董永道，我有一句对你讲；
你要几多我都给，只要信义不用限；
董永开言要三千，写了限期整三年；
写了期限三年整，三年来做工抵偿。
急急匆匆回到家，给了父亲做丧场。
丧场请了众神仙，恰巧七七天晴朗；
七月七日七星照，照耀神仙降凡尘；
照耀神仙降下界，仙女见了动凡心；
相邀来到天门望，望见下界人聪明；
望见下界人忠孝，董永丧父行孝情；
七位仙姑同讲古，生在下界好温柔！
七妹心里暗欢喜，要到下界合婚姻；
她见董永重孝道，心地善良是好人；
叫太白星奏皇母，我要下界救凡民。
皇母听了金星奏，给七仙姑下凡尘；
只给下凡一百天，救了董永回天庭；
只给下凡一百夜，不跟董永到终身。
七姑就要去下界，去拜姐妹诉衷情；
去拜众姐说根底，她爱人间下凡尘。
六位姐姐一齐劝，七妹细想莫忘行；
你去下界不合法，玉帝女儿嫁凡人；
你去几时能回来，快去快回收凡心。
七姑再讲第二句，我去下界救董永；
我只去了一百夜，众位姐姐莫烦心；
我去下界若有难，众位姐姐要显灵；
众位姐姐要来救，我烧檀香姐降临。
七姑收拾下天门，今天董永也起程；

董永起程做奴去，恰巧碰见七姑娘。

七姑开言问大哥，哥你今日为哪忙？

哥你今日忙哪样，何姓何名去何方？

董永立时回答道，我家原本在丹阳；

姓名我叫做董永，借债丧父卖身还；

借债卖身还知府，奴隶要做三年长。

七姑又讲第二句，我同你去把债还。

董永开言七姑道，你是何人好心肠？

我是孤儿去借债，哪来两人把债还？

七姑开言董永道，我们干脆合婚姻；

我今也是孤独女，父母早亡未许人；

哥你要我做二房，明天富贵全来临；

随便哥你拿来想，我一定要合婚姻。

董永立时开口骂，你这女人不正经！

不知名来不知姓，哪来路上合婚姻？

现在我去当奴隶，泥土哪能配黄金？

董永边讲就边走，丢下仙姑在路心。

七姑自想自落泪，我来下界倒伤情；

向来救人人不懂，哭倒路上泪淋淋。

太白金星忙变化，腾云驾雾来降临；

变成老公站路旁，问道你们吵哪样？

七姑开言老公道，请你听我说端详；

我逢大哥在路上，问要扇子去扇凉；

要了扇子不还给，叫我跟他结凤鸾；

董永开言老翁道，你也听我说端详；

她要扇子来捏害，我是实在心不甘；

我去卖身当奴隶，她来赖死做凤鸾；

刚才我若拉她手，马上雷劈在路旁！

老公立时来劝解，你们双方有姻缘；

你们前世姻缘有，这条红线我来牵；

你但要她做妻子，将来一定做状元。
董永开言老公道，请你细细听我讲，
路旁大树能讲话，我就大胆合婚姻。
路旁大树不讲话，我不大胆要仙娘。
好在大树有精灵，断言董永合婚姻。
董永立时下膝跪，拜天拜地受恩情；
拜天拜地完备了，太白回位上天庭；
太白回位上天去，董永七姑赶路程。
董永仙姑忙赶路，到了知府大门前；
董永先入内去拜，七姑休息在廊檐；
董永进去忙下跪，真情对了知府言；
今早我来到路上，逢了仙女大路间；
她跟我做夫妻了，陪我还债两三年。
知府听了心欢喜，叫她进来看端详。
七姑立时一边站，知府连问三两声；
你是谁家妙女子，来跟董永合婚姻？
七姑开言知府道，说你知府听得真；
我是天上玉帝女，下到凡尘合婚姻；
董永卖身葬父老，我来救他平民人。
知府又问七姑道，我怕你说不是真；
神神仙仙在天上，哪来地上合婚姻？
真真假假总是懂，我有办法辨假真；
十斤丝线给你织，三时三更绸缎成；
要是今夜织不了，不是仙女是妖精！
七姑立时就领工，今夜绸缎定织成！
董永想骂又不骂，怕说大话露丑形。
七姑开言说董永，随我领工你放心；
你管自在任由我，明早绸缎闪金银。
七姑拿丝上机了，点了檀香飘天庭；
檀香飘上天去请，姐姐闻到忙降临；

六位姐姐来下界，成帮热闹到天明；
四处抛梭如蝉叫，五更未到绸缎成。
六位姐姐回天上，留下绸缎闪金银。
四匹绸缎飞龙凤，龙凤变化绿又红。
七姑双手拿绸缎，交家人送知府公。
留下一匹交董永，进贡皇帝能邀功。
知府打开绸缎看，自己摇头不出声；
真正神仙的绸缎，金龙翻腾玉凤飞！
知府立时起身拜，神仙之物实在美！
我们下界太傻笨，见了仙娘眼睛昧。
知府全家都来拜，赛金公主拜又跪；
请原谅我年还小，面对仙姑得了罪。
七姑说道不关紧，一点我不怪你们。
知府自想自尴尬，拿卖身契还董永；
赛金起来又下跪，姐姐请留一月零；
姐姐请留莫忙走，我想跟你学线针；
跟你学会织绸缎，学到一样不忘情。
七姑立时就指教，赛金手灵心也灵；
不论裁衣和绣花，不用尺子技超群；
织绸织缎匹连匹，四匹一样闪金银；
七姑日夜教赛金，赛金七姑情义深；
七姑偷对赛金说，你和董永合婚姻；
你莫再另去出嫁，把我的话记在心；
我一说了你莫拗，将来你会得温柔。
正好阴阳有缘分，赛金低头领了情。
七姑又讲第二句，不久我就回天庭；
我们夫妻要相断，说你妹妹莫烦心。
赛金眼泪流汪汪，自在自哭不成声。
你跟董永应白头，为何分离想不通；
七姑安慰赛金说，将来我会回来巡；

今天一定要上路，你们莫用挽留人；
你跟董永快收拾，一同返回老门庭。
告别知府七姑走，个个掩面送出城。
来到野外十字路，七姑休息叹两声；
我们夫妻这时断，一百天限到时辰；
说你董永莫悲痛，我留给你几多情！
如今身上我有喜，孩子送回你父亲。
董永听了七姑话，眼泪汪汪不成声；
手拿衣角拉不放，此时分断为何情？
七姑握手告董永，你同赛金合婚姻；
我们私讲清楚了，你拿这裙送赛金；
你给赛金送这裙，还有留信府大人；
我说哪句你就记，将来路口再相逢。
讲了这句就别散，云彩光芒满天空；
太白金星下来接，七姑回步上天庭；
董永边走又边哭，哭来哭去不成声；
知府听见出来看，问你董永哭何因？
董永开言知府道，说你大人知详情；
太白金星下来接，七姑上天杳无音；
想来想去没有路，返回知府路难行；
送给赛金裙一件，留给知府信一封。
知府立时开了信，又叫赛金来看清；
看了书信收了裙，赛金知府笑吟吟；
知府转对董永说，你留赛金做内人。
董永立时就下跪，说声越礼受恩情。
知府又对董永说，给你一屋安祖神；
安了董氏之神位，三拜九跪请宗亲；
三拜九跪显考妣，合了婚姻娶赛金。
合了婚姻大事后，知府上书送朝廷；
举荐董永行孝道，天上降福到门庭；

皇帝出旨召董永，董永匆忙起路程；

来到滔滔黄河边，名声早传进龙庭；

皇帝派官路上接，董永上车进龙庭；

董永龙庭进贡礼，四匹绸缎闪金银；

四匹绸缎金银闪，裁就龙袍更风神。

皇帝见了心欢喜，手拿朱笔封官名；

封做状元第一等，三声炮响震天惊；

三声锣鼓震天响，报说湖广状元人；

董永坐轿回乡里，高脚牌后好威风；

来到这里十字路，逢一女子路中停；

为何她敢路上坐，董永轿中喝了令；

喝令兵勇赶女人，荣归故里快行程。

七姑见了眼泪落，你有官位就变心！

以前分别叮咛过，今到路口你忘情？

这里正是十字路，我送孩子来降临；

董永听了七姑话，连忙下轿想旧情；

双手去接亲儿子，心喊骨肉千万声。

七姑又对董永说，儿给赛金养成人；

儿给赛金来养大，要把他当自己生；

托养辛苦莫唠叨，儿子长大还恩情；

双方洒泪要分别，儿子未安何字名；

我守仙规你行孝，儿子安做忠孝名；

别你父子千万代，伤心恸哭声连声；

哭还未了就变化，丢下婴儿在路心。

董永抱儿进轿内，蒙蒙渺渺上归程；

蒙蒙渺渺回到府，知府赛金接门庭。

下轿放了三声炮，董永名号传满城；

董永葬父添贵子，忠孝金匾挂门庭！

唱了董永后人听，人生忠孝第一行。

备注：都安境内的壮家师公，把汉族的《二十四行孝》编成壮欢（歌），在丧事的晚上演唱，配以锣鼓，凄婉动人；其时孝堂自觉肃静，人人心里跟着哀唱。其中比较普遍唱的是《唱董永》。此歌几乎家喻户晓，成为告诫子女孝顺的家训。限于时间，其他行孝的唱本来不及翻译，甚憾。此歌于1987年收集。

演唱者：韦汉武，壮族，男，时年30岁，广西都安菁盛乡人，农民唱师。

搜集者：卢炳康，壮族，男，时年24岁，广西都安高岭乡人，都安文化馆工作人员。

翻译者：韦翰祥，壮族，男，时年40岁，广西都安菁盛乡人，农民业余作者。

第三节　唱山伯英台（壮族）

山伯与英台，死了真可惜，

马家娶为妻，接不到家来，

读书江州县，笔和砚平排，

山伯与英台，死了真可惜。

化成了彩蝶，飞上树枝去，

马家娶为妻，接不到家来，

山伯与英台，死了共一墓，

来往人过路，说是英台墓，

读书江州县，笔和砚平排，

山伯与英台，死了共一墓，

读书江州县，笔和砚平排，

化成了彩蝶，到处人传开！

却说山伯与英台，上古不传没人唱；

如今唱了人传诵，请听壮歌来评摆；

却言当初父母生，父母只生了女孩；

父母生不出男仔，生出女仔金莲来。

三月初二去挑水，金莲停步看花开。

凡宝恰巧走路过，同到花前看花来。

金莲开言凡宝哥，扛着雨伞去哪块？

凡宝回答金莲妹，外出读书考秀才。

金莲告诉凡宝哥，有位老弟想同去；

先到我家歇歇息，明天同行到京里。

金莲挑水上门阶，就问父母两三句；

父母当初生了我，不是男孩是女孩；

女孩也是父母养，我要读书做秀才。

父母当面指责道，说你金莲不应该；

男儿读书做官去，女孩读书为哪来？

金莲开言父母道，请听我把话来摆；

男儿读书能做官，女孩读书管家财。

父母听了这句话，点头应了骨肉爱。

叫了凡宝堂上坐，金莲入房扮男孩。

扮做男孩结长辫，一起吃饭共桌台。

父母又对金莲道，你要孝顺听我言；

你们吃饭同走路，冷冷暖暖莫生嫌。

来到坡上同屙尿，金莲弓身草丛里。

金莲答言凡宝道，今早出门父母说；

今早出门父吩咐，吩咐屙尿不站着，

站着屙尿心不灵，白费上京路坎坷。

来到这里碰江河，清清河水心事多；

汪汪江水心烦乱，两人相邀游过河；

凡宝探水试下河，不知深浅是几多；

凡宝脱衣才下河，金莲过水衣不脱。

凡宝问言金莲道，不脱衣裳是为何？

金莲回答凡宝说，今早出门父母说；

今早出门父吩咐，吩咐过河衣不脱。

脱裙脱衣天地怪，上京读书心不乖；

上京读书心不灵，冤枉远道上京来。

来到这里是清溪，两人相邀把凉洗；

金莲开言凡宝道，请你听我说两句；

我在上游你下游，汗水不能混一块；

若还汗水相混扰，河溪神仙就来怪；

若被河溪神仙怪，上京求学心不乖；

上京求学心不灵，冤枉远道上京来；

我放树叶到下游，你就穿衣跟我来。

金莲再说第二句，这里有个大李果；

李果装在胸襟里，不是人人都有哩；

想分一个给哥带，怕你不知怎样装；

想赠一个给哥尝，又怕到时哥心慌。

凡宝听到这样讲，望来望去自心慌；

不见李果在哪里，心想金莲说了谎。

走了一里再二里，走到这里是江城；

到了江城天刚黑，上街找铺同安身。

天还未亮就起床，双双拉手进学堂；

先生堂上问话道，你俩起早为哪样？

他俩开言先生道，我俩起早进学堂；

不识诗书心不服，早起多读好文章；

我们家在铁洲庙，会用铁钉钉鼓脚；

十种十样都会了，不会诗书吃亏多。

先生听了这样说，就拿笔砚来标名；

标名凡宝做山伯，金莲标名做英台。

从此读书江洲县，笔砚台上也平排；

每晚相伴共枕席，似兄似弟无疑猜。

英台开言山伯哥，请你听我说两句；

要条扁担隔席中，两人规矩共枕席。

山伯某天忽然问，为何你胸胀胀的？

英台回答山伯哥，你就听我说两句；

谁人读书胸脯凸，就成一位好秀才；
谁人读书胸脯凹，就是一位大蠢才。
天天读书闷得慌，相邀相伴去游街；
游到街头抬头望，望见榴花在高台；
黄昏去看花刚卷，早上去看花已开；
下午去看花已谢，飘飘散散在高台。
英台问道山伯哥，为何花谢这么快？
山伯答言英台道，我说一句你明白；
花朵好比女人身，它含苞了就绽开；
它一开了就凋谢，花凋谢了再难开；
先生堂上宝镜照，知道学堂有女才；
知道学堂有女子，女扮男装考秀才；
先生想出了办法，席下全铺芭蕉叶；
女人气热叶萎黄，男人气凉叶还绿；
英台精灵听这话，半夜蕉叶丢出房；
明早起床拿来比，英台蕉叶绿一样。
先生叹气摇摇头，恐怕宝镜已损坏；
或是人老神不灵，或是江山要亡败？
先生堂上想办法，又叫屙尿过大街。
英台听说这句话，又把笔筒随身带；
别人屙尿丈二远，英台屙尿丈四来。
先生叹气又摇头，宝镜真的已损坏；
我真的也要死了，江山真的要亡败！
天天江洲县读书，笔砚台上也平排；
有天英台问山伯，我出谜语你来猜；
第一苍蝇眼前过，你说哪只是雄雌？
若你猜对是哪只，明天我们回家去！
山伯回答英台道，人间才有夫和妻；
苍蝇生来是吃屎，他们不分雄和雌。
山伯当时又指责，指责英台的不是；

父母送来读诗书，我们读书不嫌多；
你若爱耍爱猜谜，莫要再叫我做哥。
英台一点不生气，依旧开口笑嘻嘻；
第二蜻蜓眼前过，你说哪只是雄雌？
若你猜对是哪只，我们明天回家去。
山伯回答英台道，人间才有夫和妻；
蜻蜓一生爱戏水，管他什么雄和雌。
山伯当时指责道，指责英台的不是；
父母送来读诗书，我们读书要用力；
你若爱耍爱猜谜，明天你就回家去！
英台还是不生气，依旧开口笑嘻嘻；
第三麻雀眼前站，你说哪只是雄雌？
若你猜对是哪只，我们明天回家去。
山伯回答英台道，人间才有夫和妻；
麻雀树上叫喳喳，什么雄雌不雄雌！
山伯当时指责道，指责英台的不是；
父母送来读诗书，我们读书不嫌多；
你若不听我的话，明早回家莫啰唆！
英台不受这句话，就写封信放席下；
天还未亮就起床，又写封信给学堂；
提笔写信给先生，我身有事要回家；
卷起衣服放箱笼，背起包袱泪麻麻！
英台回家得三宿，化个跳蚤游旧铺；
山伯睡眠受烦扰，打起灯笼起来捉；
打起灯笼起来抓，忽见封信乱心绪；
句句都说山伯笨，不知女人共枕席；
跟了同窗睡三年，不知同窗是娇女。
山伯见了这句话，往事一一见清晰。
拿笔写信送学堂，身有急事要回家；
卷起衣服放箱笼，扛伞起程心如麻。

来到坡上喊英台，英台弟弟可在家？
来到山下叫英台，牧童听了笑掉牙；
这村只有金莲女，这村没有英台郎！
山伯回家得三夜，茶不思来饭不尝。
老母开言山伯道，茶饭不思是为哪？
是嫌老母不接伞，是嫌妹妹不端茶。
山伯回答老母道，不嫌老母不接伞；
不嫌妹妹不端茶，只想学堂我同伴。
三年同窗共砚笔，不知同伴是女郎！
老母当时指责道，指责山伯的不是；
女人双眼水灵灵，女人稀稀新月眉；
男女相貌各自异，女人嘴唇没胡须；
山伯回答老母道，三年往事一一提。
老母不信这样事，早晨出门把马骑。
英台看见老母来，酒茶招待礼周到；
喝第一杯未曾说，喝第二杯未曾道；
喝第三杯才开口，说声英台听一句；
英台果真女儿身，为何瞒他学堂里？
英台开言老母到，敬请老母听端详；
天下唯有山伯笨，三年不知我女郎；
三年跟我女人睡，几多情义他埋葬；
几多情义他不受，他要守身在学堂；
如果他想念旧情，拿这手巾把它装；
如果他还念旧义，就拿手巾按胸膛。
老母听了这样话，打鞭骑马返回家；
老母上堂未坐稳，山伯听说泪似麻。
老母当时叹息道，叹息山伯毁青春；
我儿读书心倒笨，我儿读书心倒蠢；
诗书害儿成愚笨，空跟英台共席枕；
跟你猜谜你不猜，邀你回来你不来；

若你跟他同路回，半路鸳鸯会相爱。
如今英台回了家，三天马家媒人来；
八字已在马家中，难了父母难英台；
领了马家酒和菜，父母想退也艰难；
马家有钱又有势，要想退婚难上难。
你若是还念旧情，你就看看这手巾；
你若是还念旧义，看看巾中字两行！
山伯拿了手巾看，两行血字泪斑斑；
两只鸳鸯绣到半，没尾没头绣没完；
一把绣针一根线，飘飘荡荡手巾中；
山伯越看心越痛，针线连巾吞口中；
针线连巾吞下肚，绣针死死卡喉咙；
绣针卡在喉咙里，一时三刻命归阴。
山伯临死留言道，葬在路上会情人；
葬在路上等英台，不枉三年共席枕。
抬到东方安大葬，这条不是马家路；
抬到西方安大葬，这条不是马家路；
抬到南方安大葬，这条不是马家路；
抬到北方安大葬，这条不是马家路；
抬到中央安大葬，这条正是马家路。
道了今天是吉时，马家娶了英台归；
英台开言轿夫道，山伯刚死墓坟新。
英台又道第二句，停轿放我去看看；
来到墓前哭啼啼，山伯如今在哪方？
山伯如今在哪里，妹今哭你在路旁；
假如你还念旧情，你就开路通天上；
你就开墓通天堂，让英台妹去看看；
新坟新墓灵精显，泥土分开在两旁；
一条大路通天上，英台一跳去茫茫；
轿夫当场心乍惊，亲家当场哭无泪；

别家娶妻得人归，马家娶妻反得鬼。

马家听了这样话，扛来锄头挖墓坟；

坟墓挖到三尺深，不见尸骸不见魂；

不见尸骸反见鬼，两只彩蝶墓中飞；

坟墓挖到三尺底，不见尸骸不见魂；

不见尸骸反见鬼，两只彩蝶墓中飞；

彩蝶飞过村村去，马家跟踪不愿回；

彩蝶飞停树枝上，马家公子树下站；

彩蝶飞上九天去，马家公子哭汪汪；

马家公子肝肠断，死了空留臭名扬。

唱罢山伯和英台，留给后人作榜样；

留个榜样给后人，是情是义天地长！

备注：此歌在都安境内普遍流传，可见壮汉文化交流之深广。1987年采录。

演唱者：韦有志，壮族，男，时年70岁，广西都安东庙乡农民。

搜集者：韦明益，壮族，男，时为都安民族中学学生。

整理翻译者：韦翰祥，男，时年40岁，广西都安菁盛乡人，农民业余作者。

第四节　唱孟姜 （壮族）

师行教，烧了香，孟姜行孝降丧场；

你家本在南阳县，行孝行善美名扬；

来到丧家安座位，请听弟子唱两章；

不唱前朝的根由，单唱父母生孟姜；

你父名叫孟能人，生你伶俐不平常；

年纪正得十七八，好像花朵吐芬芳；

孟姜自在自恼气，想到世界心里凉；

男婚女嫁有先例，成了夫妻命就完；

孟姜自在自叹气，倚门忽听讲秦皇：

长城要修千万里，秦皇出榜传四方；

男子满了十八岁，一家一个去北方。

话说南阳一长者，生有独子万喜良；

独子也要应征去，不知哪时回家乡。

去到北方筑长城，十人一队看管严；

一天只发半斤米，饭吃不饱肚慌慌；

几多人都饿死了，死在北方堆成墙；

喜良正见这样事，日日夜夜想回乡；

要逃回乡种祖地，再留这里定死亡。

到了这晚天正黑，喜良偷偷逃回乡；

白天进山里去躲，夜晚行路心不慌；

逃出北方四五夜，这天到了孟家庄；

孟家有塘种莲藕，莲藕丛丛叶似盘；

似盘莲叶底下暗，喜良偷偷进去藏。

今天正好六月六，孟姜来到水塘旁；

孟姜来到要洗澡，想到母亲跟她讲；

今天洗澡无灾难，又赏莲花开满塘；

孟姜站在塘边望，怕有生人在近旁；

四面八方看清楚，脱衣脱裤下莲塘；

双手拿巾水中洗，忽见莲下有人藏；

孟姜见了忙上岸，穿衣穿裙急急忙；

穿衣穿裙完备了，大喊有贼在莲塘。

喜良逃夫难开口，心跳怦怦自慌张；

孟姜擒贼回家转，骂他强盗心不良！

孟公出来也忙问，你是何人来何方？

你是何人老实讲，我就饶命把你放。

喜良边跪边说道，请你老人听端详：

我在秦州南阳县，心善行为也正当；

家里祖宗有田地，年年双倍交官粮；

交了官粮又征夫，去筑长城万里长；
秦皇他怕外人打，要筑长城挡北方；
传了天下十八府，一家一人把夫当；
我去筑城一年半，秦皇没有发粮饷；
每天每人半斤米，死在那里堆成墙；
我是见了这样事，偷偷逃跑回家乡；
白天我进山去躲，夜晚行路心不慌；
今天逃到你这里，无山无岭躲莲塘；
姑娘见了喊强盗，双手擒我上高堂；
我并不是流浪仔，只因逃难返家乡。
孟公倒问第二句，几多年纪少年郎？
有了妻室还没有？双亲是否还健康？
喜良开言孟公道，请你听我说端详：
今年我正十八满，十月初一命属阳；
我还不曾寻婚配，在家正在读文章；
我读诗书千万卷，本想去考状元郎！
孟公听了喜良话，句句开口都成章；
孟公看了喜良相，一表堂堂好儿郎。
孟公开口喜良道，请你听我讲一场：
我有一个孟姜女，命正与你合阴阳；
孟姜今年十五满，男长十八好姻缘；
我们同府同州县，相隔不远共条江；
我有独女不想嫁，招你喜良作婿郎；
我有田地多又广，吃穿不用愁年荒。
去接你的父母来，一同来住孟家庄。
孟姜低头羞红脸，捉得强盗变情郎。
万公万婆娶姜女，鸾凤和鸣乐洋洋！
刚做夫妻十几夜，不料秦皇发急榜；
发了榜文追逃夫，逃夫到处跑回乡。
喜良又被捉去了，当夫当工去北方；

当工当夫北方去，万公万婆泪盈眶。
喜良孟姜要分别，眼泪纷纷哭断肠；
官差捉了万喜良，送到京城进牢房；
秦皇加罪万喜良，因为久逃回家乡；
打三百板血肉烂，放进死牢把他关；
三天不见一滴水，三夜不给半粒粮；
三天三夜死牢里，白骨堆在长城旁。
孟姜天天家中望，不见喜良信半张；
初一望到十五了，立春望到了大寒；
望第一年不见信，望第二年不回乡；
两周年到中元了，孟姜今夜梦鸳鸯。
七月十四中元到，燕子衔书进厅堂；
燕子衔书晒竿上，呢呢喃喃对孟姜；
孟姜见了紫燕语，不知是阴或是阳；
孟姜连忙开信看，叫送寒衣去北方。
叫送寒衣北方去，北方寒冷苦难当。
孟姜见信心惊动，信寄两年路途长！
立时开箱要绸缎，连夜灯下缝衣裳；
衣裳缝了五六对，卷进包袱等天亮。
孟姜收拾要出门，父母公婆哭门旁。
孟姜挥泪别家园，日夜兼程去北方。
来到陇西山脚下，太白变化在路旁；
化作老公路旁站，问了孟姜何事忙？
孟姜忙对老公道，路远急行难久谈。
孟姜边讲就边走，心想立时到北方。
太白举手加额道，你是贞节一女郎！
孟姜辞了老公走，急急走到日落山；
前不着村后无店，只有寡妇一茅房。
孟姜入屋去休息，辛苦劳累倒床上；
孟姜到夜入酣梦，太白梦中报孟姜：

丈夫魂魄飘杳杳，相貌依旧正堂堂；

梦见太阳落墙下，醒了越想越心慌。

早上起床去洗脸，便去卜卦问阴阳；

先生卜卦了就断，说你姑娘莫心慌；

卜得这卦不太好，你家有人死沙场；

孟姜听了这句话，眼泪淋淋流万行。

孟姜边哭边上路，到了万里长城旁；

白骨成墙堆无数，哪堆白骨是喜良？

大哭连声只怨命，太白金星到身旁；

太白开言孟姜道，我帮你找莫悲伤；

你咬指头要了血，拿血去点白骨看；

是你丈夫血就结，若是别人血就散。

孟姜听了这句话，咬了指头血丹丹；

丹丹血去点白骨，血点白骨找喜良；

点了一百九十九，累累白骨血斑斑；

斑斑血迹凝结了，孟姜抱骨哭汪汪；

白骨装在包袱里，吞了眼泪返回乡。

回到这里陇西路，葬了喜良在山旁；

孟姜烧香又下跪，夫妻路断隔阴阳！

哭不怨天不怨地，只怨八字不吉祥；

发誓不再出嫁了，奉承公婆守孝堂。

孟姜回家见公婆，边哭边诉断肝肠。

公婆听了这样话，当场哭倒命辞阳；

孟姜女氏行大孝，去请师道来超亡；

师道超荐亡魂去，逍遥快乐上天堂。

孟姜行孝传天下，立了牌坊来颂扬；

立了牌坊传后世，丧场降临唱孟姜！

备注：《唱孟姜》属于行孝之一，但不常唱，只有在青年男子死了留下寡妇的丧场才唱，唱时配以锣鼓，颇为凄婉。此歌流传于都安境内东方片一带。1987年采录于都安菁盛乡福德村。

演唱者：韦汉武，壮族，男，时年30岁，广西都安菁盛乡人。

翻译者：韦翰祥，壮族，男，时年40岁，广西都安菁盛乡人，农民业余作者。

——以上摘自《都安歌谣集》（都安歌谣集编辑组编．黄启先．韦翰翔．都安歌谣集．南宁市开源彩色印刷有限公司，2010.12）

第三辑　谜语歌

短制亦珠玑

　　谜语山歌与情歌、故事歌等山歌一样，也属于民歌，是集体创作的结晶。其作者和传诵者是民间社会集体；其传扬的手段是未经雕琢的口头创制；其内容反映民间社会生活；其形式短小精悍；其情感的表达多采用直抒胸臆的方式；其价值是认知和教育。谜语山歌是众多山歌类型中的短制之作，虽然存量不大，却是山歌文化中的瑰宝。

　　谜语山歌的作者和传诵者，是民间社会集体。我们虽无法对某一首谜语山歌进行溯源，并确定它的原作者，但它确实是存在的。对听众来说，谜语山歌的作者有传诵的职能，还兼有再创作的职能。谜语山歌是集体的产物，在习练演唱时，往往掺入习练者私人元素，比如基于地域和习俗，使用个人生活中所熟知的喜闻乐见的对象作为喻体暗示出谜底。同一谜底的山歌，因不同地域的作者，其形貌可能不同，这是它的作者和传诵者的民间社会集体性作用。

　　谜语山歌传扬的手段，是未经雕琢的口头创制。口语化是谜语山歌的明显特征。如辑录的一首河池环江中州壮语谜语山歌：

　　　　原〔壮〕：要开尼国丝，你疑得米得；

　　　　　　　　蛇要样品美，鸡要酸斗哼。

　　　　译〔汉〕：咱打个谜语，想来问问你；

蛇用尾爬树，鸡用尾来啼。

答（壮）：蛇要尾品美，之勾佩内森；

鸡要酸斗哼，记之个洋机。

译（汉）：蛇用尾爬树，老藤深山里；

鸡用尾来啼，唢呐是不是。

这首壮语谜语山歌里，"原"和"答"分别是谜题和谜底。"要开尼国丝，你疑得米得"指邀请对方来猜谜，起到引歌的作用；"蛇要样品美，鸡要酸斗哼"是谜题，指啥物像蛇一样靠尾巴上树？啥物像公鸡一样鼓（胀）尾才能响？"品美"是壮语，指爬树，"勾"是壮语，指藤条，"洋机"壮语里没有这词，属音译外来物，之前壮族人民生活环境闭塞，所用家什多为自制，对外来物，都在前边加个"洋"字，实际上是唢呐，"样"和"酸"是壮语，指尾部。

谜语山歌的内容，反映民间社会生活。一般有猜识器物、认知汉字、讲传神话说故事等内容。"唢呐"、"藤条"、"水车"、"戽斗"、"螺蛳"、"牛角"、"剪刀"、"风箱""中"字、"大"字、"国"字、盘古造人、"七河通天"、天王造天、地王造地、神农造谷、文王分谷、元妃嫘祖、后羿射日、女娲补天、丙廷作媒、鲁班造房、佛母定伦是最常见的内容。

谜语山歌的体式短小精悍，简洁地抛出谜题和谜底，猜识器物、认知汉字多采用一问一答的形式。如猜识"国"字山歌：

原（壮）：四面全砌墙，米成方勒落；

一口动干戈，记所字卡马？

译（汉）：四面都砌墙，没有哪方漏；

一口动干戈，此字猜得否？

答（壮）：四面全砌墙，米成方勒落；

一口动干戈，青字国所米？

译（汉）：四面都砌墙，没有哪方漏，

一口动干戈，国字猜对否？

神话传说故事谜语山歌有时候采用组歌形式，但各小节又可以看作是一首完整的短歌。天王造天、地王造地、神农造谷、文王分谷、元妃嫘祖、后羿射日、女娲补天是相对独立而又能合并放置的联章组歌。可以说，短制是谜语山歌的最明显特征。

谜语山歌的情感表达，采用直抒胸臆的方式。因形式短小精悍，谜语山歌只能用直截了当的问答陈说，一放一收，没有拖泥带水。组歌的前后可能带有一较短歌词，主要起到邀请唱歌和结束唱歌的作用。即使是邀请唱歌和转入谜语山歌的过渡部分，情感的表达也是不假思索。如：

原（壮）：比断唱到记，利之作袋装；

国宁比骨王，依江孟米孟？

译（汉）：比断唱到此，还有装进袋；

唱点古王歌，你们爱不爱？

答（壮）：核土牙层当，王土牙米应；

数穷乖兼懂，论之检得听。

译（汉）：知县咱未当，皇帝不认识；

你们乖又懂，说来捡得知。

谜语山歌的价值，是认知和教育。认知方面，主要针对谜语山歌的受众来说，谜语山歌的猜识器物、认知简浅汉字部分具有让儿童增长见识的作用。教育方面，主要从传承者、演唱者的角度来说，成年人，特别是老年人，他们对教育儿童负有重要的责任。在教育晚辈的实践中，将他们的经历、见识融入谜语山歌，在轻松愉快的演唱传诵中进行了有意无意的濡化教育。因此，儿童的认知能力、长辈的教育作用凭借谜语山歌得以同步完成。

作为一种歌谣文化，谜语山歌传承式微。迷语山歌衰落已是不争事实，根本原因是城乡二元结构开始逐渐被打破。农村生活不再闭塞，电视电脑等现代媒体对传统的谜语山歌冲击比较大，谜语山歌的认知和教育功能已经淡化、弱化。复兴传统文化，拯救、挖掘、整理和承传谜语山歌任重而道远。

第一编 环江中州谜语山歌

第一节 谜语歌（壮族）

所谓"比断"顾名思义就是用比（山歌）来进行判断，断字、断事、断物，其实就是猜谜语的意思，形式多样。

原（壮）：斗碰勒板光，之了肮到极；
想国宁比丝，侬好孟米孟。

译（汉）：来逢大屯人，咱非常高兴；
唱点猜谜歌，你看行不行？

答（壮）：蹶米得牙拖，枉给担失衡；
帽蓉强背蓉，你算土之学。

译（汉）：跛脚也要拖，莫让担失衡；
竹帽伴竹背，你带咱就跟。

原（壮）：要开尼国丝，你疑得米得；
蛇要尾品美，鸡要酸斗哼。

译（汉）：咱打个谜语，想来问问你；
蛇用尾爬树，鸡用尾来啼。

原（壮）：蛇要尾品美，之勾佩内森；
鸡要酸斗哼，记之个洋机。

译（汉）：蛇用尾爬树，老藤深山里；
鸡用尾来啼，唢呐是不是。

原（壮）：要开尼国丝，你议得米酉；
　　　　盏茶七粒豆，古尼讲样色。

译（汉）：咱打个谜语，你猜出不出；
　　　　茶杯七粒豆，古典啥意义？

答（壮）：杯茶七粒豆，古尼讲婚姻；
　　　　同卡马拉天，婚姻情米坤。

译（汉）：茶杯豆七粒，婚姻古典出；
　　　　七世情不断，咱说来给你。

原（壮）：要开尼国丝，你议得米尧；
　　　　开马反水刀，卡马摇水上？

译（汉）：咱打个谜语，你猜出不出；
　　　　什么翻水倒，什么摇水起？

答（壮）：要开尼国丝，土议物卡尧；
　　　　轮之反睡刀，庠之摇水上！

译（汉）：你们出谜语，咱来找谜底；
　　　　水车翻水倒，庠斗摇水起。

原（壮）：要开尼国丝，你议得米独；
　　　　煮作内锅膜，出斗利讲坤。

译（汉）：咱打个谜语，你猜出不出；
　　　　放在滫锅煮，出来讲汉语。

答（壮）：要开尼国丝，土议牙可出；
　　　　　勒乌燕内壳，出斗之讲坤。

译（汉）：你们出谜语，咱来找谜底；
　　　　　燕子初脱壳，呢喃犹汉语。

原（壮）：独卡马独尼，马拉尾同排；
　　　　　身穿服角怀，手一移花当。

译（汉）：此物有点怪，在溪边同排；
　　　　　身着牛角衣，一手开门来。

答（壮）：点独尼物门，煮吃都不腻；
　　　　　所走兼所滚，记之青母虽。

译（汉）：讲来真有趣，此物吃不腻；
　　　　　会走又会滚，螺蛳是不是。

原（壮）：有一个养鸡，独得六百斤；
　　　　　杀得百宜天，马利哼托板。

译（汉）：有个人养鸡，六百斤有余；
　　　　　杀过百二天，回屯还鸣啼。

答（壮）：卡怀且双勾，近之勾米索；
　　　　　打污数全所，波响托姆邦。

译（汉）：杀牛留双角，拿来做号角；
　　　　　号角个个懂，吹来全屯乐。

原（壮）：嘴像嘴独鸦，脚像脚独蝈；
　　　　肚脐宁白白，记之特卡马？

译（汉）：嘴像乌鸦嘴，腿像田鸡腿；
　　　　肚脐微微动，你猜对不对。

答（壮）：嘴像嘴独鸦，脚像脚独蝈；
　　　　肚脐宁白白，青剪菜所米。

译（汉）：嘴像乌鸦嘴，腿像田鸡腿；
　　　　肚脐微微动，剪刀对不对。

原（壮）：四面卷砌墙，米成方勒奔；
　　　　渠巴江索朋，问你字卡马？

译（汉）：四面都砌墙，不缺哪一方；
　　　　渠道中间穿，何字你来讲？

答（壮）：四面全砌墙，米成方勒奔；
　　　　渠巴江索朋，青字中所米！

译（汉）：四面都砌墙，不缺哪一方；
　　　　渠道中间过，中字像不像？

原（壮）：卜人一最大，米大炮国傍；
　　　　要八斗国担，你断卡马字？

译（汉）：有个人最大，不是说假话；
　　　　桁条当扁担，此字是什么？

答（壮）：卜人一最大，米大炮国傍；
　　　　　要八斗国担，土断国字大？

译（汉）：有个人最大，不是说假话；
　　　　　桁条当扁担，此字读作大。

原（壮）：四面全砌墙，米成方勒落；
　　　　　一口动干戈，记所字卡马？

译（汉）：四面都砌墙，没有哪方漏；
　　　　　一口动干戈，此字猜得否？

答（壮）：四面全砌墙，米成方勒落；
　　　　　一口动干戈，青字国所米？

译（汉）：四面都砌墙，没有哪方漏，
　　　　　一口动干戈，国字猜对否？

原（壮）：肯天勒岛的，下拉地记马；
　　　　　靠在排公邑，字卡马物侬？

译（汉）：天上星星仔，下到大地来；
　　　　　靠在大山边，何字你来猜？

答（壮）：勒岛的肯天，躺在排邑镰；
　　　　　弹断论给侬，青字仙所米？

译（汉）：天上星星仔，下到大地来；
　　　　　靠在大山边，咱把仙字猜？

原（壮）：先它在傍邑，后它马拉地；
　　　　歹三比好哩，利达气佛佛。

译（汉）：原来在山中，后来到平地；
　　　　死了两三年，有时还透气。

答（壮）：棵美在乙略，要马国成炉；
　　　　歹牙可米忧，气克特菲菲。

译（汉）：树生在山上，拿来做风箱；
　　　　生死它不怕，呼吸很正常。

第二节　古王歌 (壮族)

　　所谓"古王歌"就是把中国不同朝代的帝皇编成山歌进行对答，以此测试对方对中国五千年文明史的理解与认识。有的从盘古开天辟地起问；有的从三皇五帝问起；有的问清朝的诸位皇帝顺序、好坏、年号、在位的时间等，没有固定要求。

原（壮）：比断唱到记，利之作袋装；
　　　　国宁比骨王，依江孟米孟？

译（汉）：比断唱到此，还有装进袋；
　　　　唱点古王歌，你们爱不爱？

答（壮）：核土牙层当，王土牙米应；
　　　　数穷乖兼懂，论之检得听。

译（汉）：知县咱未当，皇帝不认识；
　　　　你们乖又懂，说来捡得知。

原（壮）：卡马像个蛋，卜勒内得到；
　　　　要卡马丕砍，分成天兼地。

译（汉）：什么像鸡蛋，谁想最周详；
　　　　拿什么去砍，天地分下上。

答（壮）：混沌像个蛋，盘古内得到；
　　　　要斧老不砍，分成天囊地。

译（汉）：混沌像个蛋，盘古最会想；
　　　　拿斧头去砍，天地分下上。

原（壮）：排印盈天门，成几来开波？
　　　　儿开歪同罗，几开波水清！

译（汉）：在洪荒之前，杳泉有几眼；
　　　　几条河相通，有几口清泉？

答（壮）：排印盈天门，成十三开波；
　　　　七开歪同罗，六开波水清。

译（汉）：在洪荒之前，杳泉十三眼；
　　　　七条河相通，有六口清泉？

原（壮）：卡马制国天，肯成几条梁？
　　　　卡马制国泥，卡马残国街。

译（汉）：谁制造天堂，共有几条梁？
　　　　谁制造泥土，用啥砌街坊。

答（壮）：天王造国天，肯成四条梁；
　　　　　地王制国泥，石斗残国街。

译（汉）：天王造天堂，上有四条梁；
　　　　　地王造泥土，石头砌街坊。

原（壮）：卜勒制国谷，求求之得啃；
　　　　　卜勒制国人，在拉天散然。

译（汉）：谁制造谷粒，时时都得吃；
　　　　　谁来造人类，繁衍遍大地。

答（壮）：神农制国谷，求求只得啃；
　　　　　盘古造国人，在拉喷散然。

译（汉）：神农造谷粒，时时都得吃；
　　　　　盘古造人类，繁衍遍大地。

原（壮）：卜勒制国服，卜卜穿遮身；
　　　　　卜勒制国家，阳干全得住。

译（汉）：谁是造衣人，个个得遮身；
　　　　　房子是谁做，居住得安心。

答（壮）：到元妃螺祖，物国服遮身；
　　　　　鲁班制国家，阳干全得住。

译（汉）：到元妃螺祖，遮身有衣服；
　　　　　鲁班把房造，得住又舒服。

原（壮）：先王勒出斗，粒谷克三斤；
　　　　从王勒马后，之分国粒虽？

译（汉）：先王谁最行，一粒米三斤；
　　　　到哪王又改，分做小粒丁？

答（壮）：神农王出斗，粒谷克三斤；
　　　　从文王马后，洋物分国虽。

译（汉）：先王到神农，谷粒三斤重；
　　　　从文王以后，分成小谷种。

原（壮）：王勒管邦地，十宜母太阳；
　　　　成卜勒多很，射太阳托地。

译（汉）：何王在位上，十二个太阳；
　　　　哪个有本事，射落到地上。

答（壮）：先在王尧帝，十二母太阳；
　　　　后羿射箭很，射太阳落地。

译（汉）：尧帝来当王，十二个太阳；
　　　　后羿箭法狠，射落到地上。

原（壮）：肯天土米到，米见牙米遇；
　　　　碰数之弹问，天漏卜勒补。

译（汉）：天上咱不到，不见也不晓；
　　　　相见随便问，天漏谁补牢？

答（壮）：要女娲斗讲，她之匠补天；
　　　　　乖刁全过人，缝母天物闷。

译（汉）：讲女娲娘娘，她是补天匠；
　　　　　聪明超过人，能把天补上。

原（壮）：肯天高又高，补到江米记；
　　　　　另补高丁宜，高尼国色补？

译（汉）：天空高又高，一次补不牢；
　　　　　再来第二次，办法谁知晓？

答（壮）：要女娲斗讲，她之匠补天；
　　　　　一次补米匀，高宜裙作盖。

译（汉）：拿女娲来讲，她是补天匠；
　　　　　首次补不匀，拿裙袍盖上。

原（壮）：卜勒制国媒，丕肯岭同常；
　　　　　要卡马国脸，女愿马给男。

译（汉）：谁来做媒人，去岭上相亲；
　　　　　什么做信物，女愿嫁男人。

答（壮）：丙廷制国媒，丕肯岭同常；
　　　　　剪服浩国脸，女愿马给男。

译（汉）：丙廷做媒人，去岭上相亲；
　　　　　衬衣作信物，女愿嫁男人。

原（壮）：朝旧层定伦，丕敢黑同耍；
　　　　后卜勒马奴，物要卜当姓。

译（汉）：伦理原未定，黑洞里摸亲；
　　　　后来谁来讲，结婚耍异姓。

答（壮）：朝旧层定伦，丕敢黑同耍；
　　　　后母佛马奴，物要卜当姓。

译（汉）：伦理原未定，黑洞里摸亲；
　　　　后来佛母讲，结婚娶异姓。

原（壮）：丝旧足老来，用余谈之托；
　　　　另马找丝模，所你侬奴色？

译（汉）：故事多又多，一时难尽说；
　　　　另找新思路，你们看如何？

答（壮）：凡样朝先制，朝尼可年后；
　　　　你在前开路，古年后只算。

译（汉）：凡事前辈制，咱们随后跟；
　　　　你在前开路，咱愿随后行。

　　——以上摘自《中州放歌——环江县民俗婚宴喜庆传统山歌》（环江毛南族自治县中州山歌协会编．中州放歌——环江县民俗婚宴喜庆传统山歌．内部刊物，2013年总第2期）

第二编　都安壮族盘歌

第一节　盘　歌（壮族）

甲：什么打来口对口，什么成双耳对耳？
乙：剪刀打来口对口，草鞋打来耳对耳。

甲：什么上山尾多多，什么打得天上鼓？
乙：金鸡上山尾多多，雷公打得天上鼓。

甲：什么有脚不会走，什么有心苦又苦？
乙：板凳有脚不会走，苦楝有心苦又苦。

甲：什么打得头对头，什么成双歌对歌？
乙：锥子打来头对头，哥妹成双歌对歌。

甲：什么唱出百鸟歌，什么穿得好绫罗？
乙：画眉唱出百鸟歌，妹今穿得好绫罗。

甲：什么无脚走九江，什么有心甜如糖？
乙：大船无脚走九江，妹你有心甜如糖。

备注：录自都安县文化局有关资料。黄智娜收集。

——摘自《都安歌谣集》（都安歌谣集编辑组.黄启光.韦翰翔.都安歌谣集.南宁市开源彩色印刷有限公司，2010.12）

第三编 谢庆良谜语盘歌节选

开头：前次盘歌我输你，今天到我来出题。

若是今天你输我，拜师要买大公鸡。

见你长得是蛮帅，不知有才是无才。

牛角莫忙吹更响，有歌赶紧发过来。

问：见妹生得乖又乖，唱首盘歌你来猜。

什么好用靠嘴利，什么好用靠脸歪。

答：你莫挑水江边卖，农具拿给农民猜。

犁头好用靠嘴利，犁面好用靠脸歪。

问：什么公婆最恩爱，双双抱睡分不开。

夫妻二人共把嘴，尾翘背躬脸歪歪。

答：犁公犁母最恩爱，天天铆起分不开。

合在一起做田地，天天共嘴脸歪歪。

问：什么生时竖直直，死时屋角嘴啃泥。

挨人踩尾头会翘，屁股摇摇叫吱吱。

答：木树生时竖直直，死做舂臼嘴啃泥。

挨人踩尾头会翘，屁股摇摇叫吱吱。

问：什么两块硬梆梆，拴条棒棒在中间。

挨人抓尾它就转，上下连动流白浆。

答：石磨两块硬梆梆，插根棒棒在中间。

人抓尾巴它才转，嘴吞黄豆吐白浆。

问：什么叶子像个瓢，瓢把又有一条槽。

槽下长有好果果，果果下面又长毛。

答：芋头叶子像个瓢，瓢把又有一条槽。

槽下长有好果果，果果下面又长毛。

问：什么房子四方方，又有将军又有王。

又讲它家讲道理，家公媳妇又共床。

答：蜜蜂房子四方方，又有将军又有王。

家公媳妇共床睡，不为别样只为糖。

问：什么生来头大大，什么颈脖长头发。

什么生来长胡子，什么两头有尾巴。

答：牛仔生来头大大，马仔生来颈长毛。

羊仔生来长胡子，象仔两头有尾巴。

问：什么五更就归窝，什么五更搞巡逻。

什么五更就生蛋，什么五更唱山歌。

答：野猫五更就归窝，家猫五更搞巡逻。

旱鸭五更就生蛋，公鸡五更唱山歌。

问：什么上树爬得高，什么上树尾摇摇。

什么两头有牙齿，什么游水两头咬。

答：蚂蚁上树爬得高，猴子上树尾摇摇。

马钉两头有牙齿，蚂蟥游水两头咬。

问：什么生来铁牙齿，嘴巴开开在肚皮。

吃饭吃往肚底进，屙屎屙往后背出。

答：木刨生来铁牙齿，开个大嘴在肚皮。

吃饭吃往肚底进，屙屎屙往后背出。

问：出门就用牛拉车，回家就用车拉牛。

牛牯才有手仔大，就是不能进门楼。

答：见你也是蛮古怪，拿个墨斗给我猜。

木工师傅打墨线，车子拉牛转来回。

问：什么翘翘好撒网，什么翘翘好渡江。

什么翘翘好炒菜，什么翘翘好挑筐。

答：小船翘翘好撒网，竹排翘翘好渡江。

锅铲翘翘好炒菜，扁担翘翘好挑筐。

结尾：盘歌查底又问根，盘了一轮又一轮。

六十甲子轮流转，该到我们问你们。

晓得你们有两下，问三问四都能答。

我竖耳朵等你问，由你问七又问八。

备注：2018年12月收集于河池市宜州区庆远镇东屏村。

后　记

由于各种原因，本来应该在2017年出版的这套"红水河畔歌连歌"系列图书，一直到今天才得以与读者见面，对此，我们"广西红水河流域传统歌谣文化的保护与开发研究协同创新中心"（以下简称"协同创新中心"）的全体成员深表歉意。

2014年，协同创新中心的筹划者受当时广西壮族自治区党委、政府提出的"柳来河一体化"战略部署的感召，申报这一文化建设项目。这一动议立即获得河池学院、河池市社会科学联合会、来宾市社会科学联合会、柳州市社会科学联合会相关人士的积极响应，团队组成后大家齐聚河池学院进行深入具体的磋商，随后制定工作计划。正当工作全面开展之时，柳州市社会科学联合会换届选举，原参与协同创新中心工作的同志调离原单位，继任者一时无暇顾及此事而退出团队。这一变动没有影响到其他成员的积极性，大家觉得还是应该继续做下去。此后，协同创新中心成员开始了为期两年的素材搜集、田野调查、采访歌谣传承人和文献整理等工作，并于2016年完成第一期的全部工作，获得河池学院科研处审查结题。其中由于主要责任人的身体原因，加之所有成员皆有较为繁重的本职工作，出版的事一度中断。2017年以后，协同创新中心成员开始二期工作，对搜集的素材进行录入和分类整理以及赏读研究。计划是出版歌谣分类集2本，歌谱集1本，共3本。现在已经整理好的三本书稿就是研究工作的成果。

我们的具体工作安排如下：

一、歌谣素材搜集

1.周龙、周新汉、韩建猛等负责河池市境内红水河流域传统歌谣素材搜集。

2.臧海恩、覃德皇、廖引帮等负责来宾市境内红水河流域传统歌谣素材搜集。

3.谭为宜、周佐霖、罗相巧、蓝振榕、韦永稳等对歌谣素材作了补充。

二、歌谣素材整理与导读

1.谭为宜负责协同创新中心工作的筹划和组织实施；负责书稿的统筹、审稿和编辑。周佐霖协助开展上述工作。

2.周龙、臧海恩负责对歌谣素材进行初审。

3.蓝振榕对歌谣素材进行资料整理。

4.韦永稳对歌谣素材进行分类整理。

5.谭为宜负责撰写"礼仪类""红色类""生活类"歌谣导读文章。

6.周佐霖、韦永稳负责撰写"情歌类""故事类""谜语类"歌谣导读文章。

7.罗相巧、巫圣咏负责将搜集歌谣进行整理、记谱和撰写导读文章。

8.周佐霖负责歌谣集的校对工作。

9.莫嘉文、覃献妹、谭金鹏、韦甜、赵鲜等同学参加歌谣素材的整理。

丛书的歌谣素材来自河池市、来宾市多个县市的相关作者，已在书稿中标出，谨表示衷心感谢，文中标注如有遗漏或错误，实出无意，敬请鉴谅。

需要指出的是，三本歌集中的传统歌谣作品来自民间，具有时代性和地域性，我们在编辑过程中均忠实于原貌，有些是音译，只对个别明显错误的字词作订正。由于历史的局限性，传统歌谣的内容免不了带着那个时代的深深烙印，如果我们错误地认为"传统"的就都是好的，或者因为某些歌谣带有旧时代的痕迹，就不做甄别地一概否定，这不是唯物主义的态度，我们应该取"拿来"的科学态度才对。

协同创新中心工作得到了河池学院领导、河池学院文学与传媒学院领导和学校科研处的大力支持，在此深表谢意。尤其要感谢河池学院文字与传媒学院的广西一流学科"中国语言文学"学科（培育）的大力支持。

本丛书的出版凝聚了广西人民出版社各位领导、编辑的心血，从封面的设计、编校到付印出版等，都付出了艰辛的劳动并提供了专业的指导，在此一并感谢。

后 记

由于我们时间有限，投入的精力不够，加之水平有限，丛书会存在一些不足之处，欢迎读者诸君批评指正。

编者

2020年8月20日